Markus Kessler

NACHTGESCHICHTEN

Geschichten aus der Dunkelheit

AF215016

Markus Kessler

NACHTGESCHICHTEN

Geschichten aus der Dunkelheit

Bibliografische Information der Deutschen Nationalbibliothek:
Die Deutsche Nationalbibliothek verzeichnet diese Publikation in der Deutschen Nationalbibliografie; detaillierte bibliografische Daten sind im Internet über http://dnb.dnb.de abrufbar.

Umschlaggestaltung: Ulisse Copeta

Herstellung und Verlag: BoD – Books on Demand, Norderstedt

ISBN: 978-3-7481-6530-9

Inhalt

Vorwort..7

Initiation..9

Jessicas Pergament...23

Sie erzählen vom Himmel......................................37

Ein nächtliches Abenteuer.....................................47

Die Mutprobe...61

Fremde in der Nacht..79

Hier wache ich...89

Vorwort

Wenn es dunkel wird draußen, vielleicht sogar Nebel aufzieht, dann kriechen sie aus ihren Verstecken, bereit uns Albträume zu bereiten: Schreckgespenster, Ungeheuer, Bösewichte aller Art.

Setzen Sie sich gemütlich in Ihren Lesesessel oder legen Sie sich ins Bett, ziehen die Decke bis unters Kinn und genießen Sie die Wärme im Wissen, dass gleich um die Ecke in der Dunkelheit etwas lauert, das nur darauf wartet, Sie anzuspringen.

Vielleicht kennen Sie das Gefühl, wenn Sie nach dem Lichtschalter tasten, darauf gefasst, statt des Schalters eine kalte Gestalt zu berühren. Es sind diese Momente, wo die Albträume und die Wirklichkeit einander berühren, sich verweben und unsere Fantasie gefangen nehmen. Dann verschwimmen die Grenzen zwischen Realität und Fantasie, wir wissen nicht mehr genau, was wirklich da ist und was nur in unserer Vorstellung existiert.

Genau so geht es auch den Protagonisten in den Geschichten dieses Buches. Manche gehen nur einen winzig kleinen Schritt in eine Richtung, die ihnen nicht gefällt, und schon finden sie sich wieder in einer undenkbaren Welt wieder. Einer grausamen Welt, einer unheimlichen Welt.

Lassen Sie uns gemeinsam auf einen Ausflug gehen in die Abgründe der menschlichen Vorstellungskraft. An Orte, wo der Schrecken lauert, geheime Rituale stattfinden, aber auch an Orte, wo man sich normalerweise sicher fühlen sollte.

Als Autor von fantastischen Geschichten werde ich immer wieder gefragt, woher ich meine Ideen hätte. Deshalb habe ich hier jeder Geschichte ein paar erläuternde Anmerkungen beigefügt.

Ich wünsche Ihnen viel Spaß beim Lesen und denken Sie stets daran, was da alles im Dunkeln lauern könnte.

Ihr
Markus Kessler

Initiation

Das Leben als Teenager ist schwer. Was es alles braucht, um dazu zu gehören, ist für uns Erwachsene nicht immer zu verstehen. Der junge Michael in dieser Geschichte war schon immer ein Außenseiter und jetzt bietet sich ihm endlich eine Chance, dazu zu gehören. Ob er sie nutzen kann?

———————

Dass er jetzt der Neue war, konnte eine Chance sein. An seiner letzten Schule war er oft das Ziel von Angriffen und Beleidigungen gewesen. Nicht etwa, weil er so viele Pickel hatte, und auch nicht wegen seiner Brille, obwohl beides natürlich eine gewisse Angriffsfläche bot.

Hauptsächlich lag es an seiner Intelligenz, dass er immer wieder gemobbt wurde. Und natürlich an seiner Liebe zu Büchern. Dass er sich musikalisch eher zum Heavy Metal hingezogen fühlte, machte ihn noch mehr zum Außenseiter.

Aber jetzt hatte er eine neue Chance! Mama hatte für ihren Job umziehen müssen. Seit zwei Wochen wohnten sie jetzt in Mühlbrugg, nur zwanzig

Minuten von St. Gallen entfernt. Das Schulhaus war klein und übersichtlich, die knapp fünfzig Oberstufen-Schüler verteilten sich auf den drei Stockwerken ganz gut.

Michael war zufrieden mit der Situation. Seine Mitschüler hatten ihn verhalten willkommen geheißen und ihn neugierig gemustert. Er hatte diese Begutachtung über sich ergehen lassen und sich in den ersten Wochen nur wenig am Unterricht beteiligt. Seine Intelligenz sollte nicht zu stark in Erscheinung treten, damit er nicht gleich von Anfang an wieder als Eierkopf oder Schlauberger verschrien war.

Von seinen Klassenkameraden stach einzig Robby heraus. Ein großer, kräftiger Kerl, der jeden Tag mit dieser Jeansweste auftauchte, die mit Aufnähern von Heavy Metal Bands verziert war. Michael kannte die meisten davon: Megadeth, Kreator, Motörhead, Amon Amarth und viele andere. Und Robby war genau wie seine Lieblingsmusik: laut, hart, schnell.

Wenn Mama ihm nur erlauben würde, eine solche Weste zu tragen. Dann würde dieser Robby erkennen, dass Michael ein Gleichgesinnter war. Aber diese Art von Musik war für Mama einfach Teufelszeug. Damit wollte sie nichts zu tun haben. Ihm blieb nichts übrig, als es vor Mama so gut wie möglich geheim zu halten. Jeden Abend, nachdem es ruhig geworden war im Haus, legte sich Michael ins

Bett, schaltete den YouTube-Player am Handy ein und steckte sich die Kopfhörer in die Ohren. Dann drehte er die Lautstärke hoch und ließ sich bedröhnen mit schnellen Gitarrenriffen, wummernden Bässen und wirbelndem Schlagzeug. Was würde er dafür geben, wenn er zu den harten Jungs an der Schule Kontakte knüpfen könnte. Aber so lange Mama ihm diese langweiligen, biederen Klamotten kaufte, konnte er kaum glaubhaft erklären, dass er dazu gehörte. Manchmal hasste er es, ein Teenager zu sein!

Und dann war da noch Betty. Eigentlich hieß sie Bettina, aber in der Schule wollte sie nur Betty genannt werden. Wenn sie auftauchte in ihrer bauchfreien Lederjacke mit den Nieten und der Kette um die rechte Schulter, schlug Michaels Herz so schnell wie ein Doublebass am Schlagzeug.

Betty war das schönste Mädchen, das er je getroffen hatte, und das machte sie irgendwie auch zum unerreichbarsten Mädchen der Welt. Eine Schönheit wie sie würde sich bestimmt nicht mit einem Langweiler wie ihm abgeben. Sie hing lieber mit Robby herum. Wenn Michael nur einen Weg finden würde, in die Clique aufgenommen zu werden. Aber wie sollte er das anstellen? Robby würde ihn bestimmt auslachen, wenn er ihn ansprach. Aber vielleicht würde es helfen, wenn er mit ihm über Musik sprach? Dann stellte sich nur noch die Frage nach der Kleidung. In der Clique trugen alle Leder und Jeans, beides Dinge, die Michael nicht besaß und die Mama ihm auch nie kaufen würde. Aber da hatte er bereits einen Plan.

Eine Woche später schlüpfte er zum ersten Mal in seine neue Lederjacke aus dem Second-Hand-Laden. Er hatte sie in seiner Schultasche aus dem Haus geschmuggelt, versteckt unter Mathe-Büchern und dem dicken Wälzer aus dem Literaturkurs.

Und das Beste war, dass sie schon abgetragen aussah. Damit wirkte sie noch authentischer, als ob er sie schon lange besäße. Dennoch war es ihm nicht ganz wohl dabei, mit dieser Jacke über den Schulhof zu spazieren. Was, wenn der Rektor Mama anrief? Oder eine von den anderen Müttern ihn sah und ihn verriet?

Trotzdem hielt er an seinem Plan fest, zumindest bis Robby auf ihn zu kam. „Da schau dir den kleinen Klugscheißer an! Jetzt hat er auch eine Lederjacke!"

Michael schnappte nach Luft wie ein Fisch auf dem Trockenen, dann endlich konnte er etwas sagen. „Gut, dass du kommst, ich wollte dich fragen, was du vom neuen Album von Amon Amarth hältst. Ich finde ja, das ist das zweitbeste überhaupt."

Robby stutzte, als ob er gegen eine Wand gelaufen wäre.

„Soso", meinte er nur, ließ sich von seiner Überraschung nichts anmerken. „Du hast wohl die neueste Ausgabe vom Metal Hammer gelesen. Oder kennst dich wirklich aus damit? Lass hören, welche Nordmänner-Bands du noch kennst."

Michael zählte ein paar auf, was Robby offenbar überzeugte. „Hmm, du scheinst wirklich nicht erst seit gestern dabei zu sein. Und jetzt willst du wohl bei uns in die Clique, richtig?"

Michael starrte auf seine Schuhe. „Naja..."

„Dazu musst du aber eine Aufgabe erfüllen."

„Okay, welche?"

Als er hörte, worin diese Aufgabe bestand, blieb ihm die Luft weg. Wie sollte er so etwas schaffen? Doch er wollte sich keine Blöße geben, also nickte er nur, als Robby mit einem hämischen Grinsen davon ging.

In dieser Nacht lag Michael lange wach, hatte zwar die Kopfhörer im Ohr, hörte aber kaum zu. Immer wieder kreisten seine Gedanken um die Aufgabe, die ihm Robby übertragen hatte. Wie sollte er das schaffen? Ein Kind! Ein Baby sollte er beschaffen für eine Zeremonie im Wald bei der alten Kapelle. Ob sich Robby mit ihm einen Spaß erlaubte? Die Entführung eines Babys war ein Verbrechen, und dazu ein besonders bösartiges.

Bestimmt hatte er das nicht ernst gemeint, hatte sich nur einen kleinen Spaß mit ihm erlaubt und er war so blöd gewesen, diesen Mist zu glauben.

So würden sie ihn nie in ihre Clique aufnehmen. Und wollte er dies unter diesen Umständen überhaupt noch? Ob jeder von denen eine solche Prüfung hatte ablegen müssen? Schnell startete er den Browser auf seinem Handy und forschte nach über entführte Kinder oder Babys. Da war nichts! Natürlich nicht!

Robby lachte schallend. „Du hast tatsächlich diesen Quatsch geglaubt. Ein Glück, dass du nicht tatsächlich mit einem Baby hier aufgetaucht bist!"

Michael wäre am liebsten im Boden versunken, und sein Kopf fühlte sich so an, als wäre er heiß genug, um den Erdboden zu schmelzen. Er musste rot wie eine Tomate sein, wenn nur Betty das nicht sah.

„Aber...", fuhr Robby fort, „hör zu! Du musst wirklich ein Lebewesen bringen zu der Zeremonie, ein Tier zum Beispiel."

„Was für eine Zeremonie soll das denn sein?", wollte Michael jetzt wissen.

„Deine Initiation. Aber das wirst du dann schon sehen."

Das klang ein bisschen unheimlich. Initiation. Michael hatte keine Ahnung, was das genau bedeuten sollte. Und wozu es da ein Tier brauchen soll, war ihm erst recht nicht klar. Er konnte sich zwar einige unschöne Dinge vorstellen, die man mit einem kleinen Tier anstellen konnte, doch wollte er diesen Gedanken lieber nicht zu stark vertiefen.

Wenn er so an die Videos dachte, die er da manchmal auf YouTube zu sehen bekam, wenn er sich Musik anhörte ... da ging es manchmal schon ziemlich gruslig zu. Ihn schauderte.

„Was für ein Tier?"

„Egal. Ein Kleines. Einen Vogel, eine Katze, einen Hund, den Hamster deiner Schwester. Lass dir was einfallen."

Michael dachte an den kleinen Hund von Frau Hempel. Dieser kleine nervige Köter kläffte immer, wenn er frühmorgens an ihrem Haus vorbei ging. Dem wollte er schon lange eine Lektion erteilen. Neulich hatte ihn der kleine Kläffer sogar hinterrücks in die Waden beißen wollen.

Bloß musste er dem Tier dann irgendwie das Maul stopfen, dass es nicht ohne Unterbruch kläffte.

Als der Abend gekommen war, an dem seine Initiation stattfinden sollte, schlich Michael um das kleine Häuschen von Frau Hempel. Ihr Billy war normalerweise alleine im Garten und kläffte Passanten an. Michael hatte ein schönes, saftiges Hacksteak beim Metzger gekauft und es mit einigen Schlaftabletten gewürzt, die er zuvor zerstoßen hatte.

Hinter dem Haus wurde das Grundstück durch eine dichte Thuja-Hecke begrenzt. Wenn er es schaffte, die Aufmerksamkeit des kleinen Hundes zu erregen und ihm dann im Schutz der Hecke den Burger zu servieren, dann könnte er den Hund mitnehmen und wenn er Glück hatte, wäre er mit ihm zurück, bevor Frau Hempel merkte, dass ihr kleiner Billy nicht da war.

So weit der Plan. Jetzt ging es um die Umsetzung. Der erste Teil war leicht gewesen. Er hatte es geschafft, ungesehen ums Grundstück herum zu kommen und hatte sich in der Thuja-Hecke versteckt. Nur war von dem Hund weder etwas zu sehen noch zu hören. So ein Mist. Hatte die alte Hempel ihn ausgerechnet heute nicht in den Garten gelassen?

Nervös blickte er auf die Uhr. In einer halben Stunde sollte er sich beim Treffpunkt im Wald einfinden, und zwar mit einem Tier. Wie sollte er das bewerkstelligen, wenn der Hund nicht da war?

Könnte er woanders ein kleines Tier her bekommen? Entmutigt stand er aus seinem Versteck auf und schlich der Hecke entlang zurück zur Straße.

Er hatte sie schon fast erreicht, als er hörte, wie die Hintertür von Frau Hempels Haus aufging und der kleine Terrier herausschoss. Sein Plan könnte also doch noch klappen. Schnell wickelte er den präparierten Burger aus der Folie und legte ihn unter die Hecke, in der Hoffnung, dessen Geruch würde den Hund anlocken.

Es schien tatsächlich zu funktionieren, das Gekläffe kam in seine Richtung. Michael wartet. Und tatsächlich verging keine Minute, da schnüffelte der kleine Hund an dem Fleisch und biss etwas davon ab.

Mit einer schnellen Bewegung griff sich Michael das Halsband des Hundes und legte ihm gleichzeitig die andere Hand um die Schnauze. Der Kleine zappelte, winselte und knurrte, doch Michael war stärker. Er drückte sich den Hund fest an die Brust, die linke Hand immer noch straff um die Schnauze des Hundes gelegt. Dann schnappte er sich die Reste des Burgers und steckte sie in die Tasche. Sobald er etwas Abstand vom Haus gewonnen hatte, würde er diese dem Hund verfüttern. Das würde ihn ruhig stellen, bis sie ihr Ziel erreichten.

Jetzt musste er nur noch mit dem kleinen Hund auf dem Arm unauffällig die Straße hinab und in den Wald gelangen. Ein Glück, dass in dieser Gegend kaum Verkehr herrschte und sich die meisten Einfamilienhäuser hinter dichten Hecken versteckten.

Betont unauffällig, mit hochgezogenen Schultern, spazierte er die Straße entlang, stets darauf gefasst, dass aus einem Hauseingang eine Stimme nach ihm rief. Er versuchte langsam zu gehen, obwohl er am liebsten losrennen würde. Aber er wollte nicht durch übertriebene Hektik auffallen! Wenn zufällig jemand aus dem Fenster sah, sollte Michael aussehen wie ein gewöhnlicher Passant.

Als er endlich den Waldrand erreichte, hatte auch der Hund aufgehört zu zappeln. Stattdessen zitterte er jetzt. Vielleicht ahnte er ja, was ihm bevorstand.

Michael hatte den Hund zwar nie leiden können, doch jetzt tat ihm das Tier leid. So ängstlich, fast panisch, wie er jetzt aus seinen kleinen schwarzen Augen blickte, war er wirklich ein trauriger Anblick.

Michael setzte ihn ab und gab ihm von dem restlichen Fleisch zu fressen.

Der Kleine nagte kurz daran, hatte aber offensichtlich seinen Appetit verloren.

Schließlich nahm ihn Michael wieder auf den Arm, streichelte ihm über den Kopf und ging zielstrebig weiter. Im Wald kroch bereits die Dunkelheit um die Stämme. Hinter den Bäumen lauerten Schatten, bereit hervor zu springen, sobald die Sonne ganz hinter den Bergen am Horizont abtauchte. Und es war merklich kühler geworden. Michael fröstelte und der Hund in seinen Armen zitterte.

Die Kapelle lag in der Mitte des Waldes, dort wo sich der alte Saumpfad verzweigte. Früher holten sich die Händler hier noch einmal den Segen Gottes, bevor sie sich mit ihren Maultieren in die Berge aufmachten. Heute war die Kapelle verlassen und wurde von niemandem mehr gepflegt. Sie war halb verfallen, der alten Steinstatue des Christophorus fehlten inzwischen beide Hände. Heute allerdings herrschte wieder einmal Betrieb, überall flackerten Kerzen, nicht nur in der Kapelle sondern auch vor dem Eingang. Aus kleinen Musikboxen klang düstere Musik, dumpfe, archaische Tonfolgen, die Gänsehaut verursachten.

Michael duckte sich unwillkürlich. Rund um die Kapelle tauchten Gestalten in schwarzen Kutten aus den Schatten auf, mit Fackeln in den Händen. Langsam schlurften sie um die Kapelle herum, sangen unverständliche Worte. Ihn schauderte. Waren das wirklich seine Klassenkameraden?

Er beobachtete das seltsame Treiben gebannt, war unfähig sich zu bewegen. Eigentlich hätte er weglaufen sollen, doch etwas zog ihn zu dieser unheimlichen Versammlung hin. War es die Musik, die ihn magisch anzog? Waren es die düsteren Gesänge? Er konnte es nicht sagen, er spürte nur, wie seine Füße sich ganz von selbst in Bewegung setzten und ihn zu der Kapelle hin trugen.

Auf einmal wechselte die Musik, mit einem plötzlichen Paukenschlag wurde der Rhythmus schneller, die Gestalten warfen ihre Kapuzenmäntel ab. Jetzt konnte Michael seine Mitschüler erkennen, da waren Robby, Toni, Esther, Betty und noch ein paar mehr, die er zwar schon auf dem Schulhof gesehen hatte, deren Namen er aber nicht kannte. Sie alle hatten nackte Oberkörper, auch die Mädchen. Und alle hatten blutrote Striemen über ihre Brust und ihr Gesicht gemalt. In Ekstase schrien sie Worte, die er nicht verstand, die ihm aber irgendwie vertraut vorkamen.

Wie hatte er sich gewünscht, Bettys Brüste zu sehen, und jetzt wo er sie da so herumtanzen sah, wünschte er sich weit weg von ihr, nur fort von diesem verrückten Treiben. Gerade hatte er den Entschluss gefasst, sich zurückzuschleichen, als Robby ihn bemerkte und den anderen zurief: „Da kommt der Wicht mit dem Opfer!"

Sofort hielten alle in ihren Bewegungen inne. Wie jagdbereite Tiere fletschten sie ihre Zähne und sprangen auf ihn zu. Michael drehte sich um und lief so schnell er konnte.

Inzwischen war es noch dunkler geworden und er konnte den Weg kaum noch erkennen. Über Wurzeln stolpernd versuchte er auf dem schmalen Pfad zurückzulaufen, auf dem er gekommen war. Hinter sich hörte er die geifernden Gestalten, die auf ihn zukamen mit ihren gefletschten Zähnen, die lang aus ihren Mäulern heraus ragten. Einmal glaubte er

Bettys Stimme zu hören, die ihm zurief er solle auf sie warten, sie würde ihn so gerne umarmen. Noch vor einem halben Tag hätte er sich nichts sehnlicher gewünscht, doch jetzt ekelte er sich davor.

„Du kannst einer von uns sein. Du musst nur das Ritual mitmachen", hörte er Robby dicht hinter sich. „Es wird dir nicht wehtun. Und danach wirst du ewig leben, so wie wir. Du wirst ewig zu uns gehören."

Michael spürte, wie er langsamer wurde. Robbys Stimme schien eine Kraft auf seinen Geist und seinen Körper auszuüben, schien ihn regelrecht zu packen und zurückzuhalten. Michael wollte schon dem Druck nachgeben und sich den unheimlichen Gestalten stellen, als ihn das Winseln des kleinen Hündchens aus seiner Lethargie riss.

Er schüttelte Angst und Hoffnungslosigkeit ab und lief wieder schneller, erreichte den Waldrand mit einem deutlichen Vorsprung. Gleich darauf hatte er die Straße erreicht, wo er sich halbwegs sicher fühlte und über die Schulter zurückblickte. Die anderen waren am Waldrand stehen geblieben und starrten ihn wütend an, machten aber keine Anstalten, aus dem Schutz der Bäume heraus zu treten. Offenbar war die Jagd vorläufig zu Ende.

Michael ging schnellen Schrittes davon und schon bald hatte er den Hund wieder hinter der Hecke im Garten von Frau Hempel abgesetzt. Er streichelte ihm noch einmal kurz über den Kopf und sagte: „Danke, mein Kleiner."

Der Hund bellte kurz, als ob er ihm antworten wollte. Dann trotte er zur Hintertür und kratzte daran, damit sein Frauchen ihn einließ.

Michael blieb an der Hecke stehen und wartete, bis der kleine Hund sicher im Haus war. Dann ging er langsam nach Hause. Er würde seine Mutter bitten, wieder von diesem Ort wegzuziehen. Bestimmt würde sie auch woanders eine gute Arbeit finden. Hier wollte er keinesfalls bleiben.

Jessicas Pergament

Die Idee zu dieser Geschichte entstand in der Adventszeit. Mir spukte gerade das Weihnachtslied „Alle Jahre wieder" im Kopf herum, als mir ganz spontan diese Geschichte einfiel. Allerdings hat sie jetzt mit dem Liedtext kaum noch einen Zusammenhang. Irgendwie geht eben meine Fantasie immer wieder mit mir durch.

„Du willst doch nicht schon wieder da hinauf", schnaubte Evi.

„Du weißt genau, dass ich jedes Jahr dort hingehe. Und diesmal werde ich sie wiedersehen, davon bin ich überzeugt", erklärte Jessica.

„Hör mal", versuchte Evi ihre Freundin zur Vernunft zu bringen, „ich weiß, dass du deine Eltern vermisst. Und ich weiß auch, dass du glaubst, du könntest sie zurückholen."

Als Jessica zu einer Antwort ansetzen wollte, erhob Evi mahnend ihre Hand. „Aber du musst dich damit abfinden, deine Eltern sind wirklich umgekommen bei dem Unfall."

Es war jetzt etwa vier Jahre her, dass Jessica ihre Zimmergenossin im Waisenhaus geworden war. Evi selbst hatte ihre Eltern ebenfalls bei einem Unfall verloren, schon zwei Jahre vor Jessica. Sie wusste genau, wie schwer es war, dieses traumatische Erlebnis zu verarbeiten. Oft genug hatte sie das Gefühl gehabt, sie könnte ihre Eltern zurückholen, wenn sie einfach nur stark genug daran glaubte. Aber das war nicht passiert und es würde auch nie passieren. Es wurde Zeit, dass Jessica das auch akzeptierte.

„Einmal will ich es noch versuchen. Diesmal wird alles anders sein, verlass dich drauf", sagte Jessica, während sie merkwürdige Dinge in ihren Rucksack packte. Ein Fächer aus hellen und dunklen Vogelfedern, von einem Falken vielleicht, dazu kleine Tütchen mit Kräutern, ein Kranz aus Trockenblumen und jede Menge Kerzen. Das eigenartigste Ding aber war die Phiole mit dieser dunklen Flüssigkeit, die rotbraun schimmerte. Und dann war da noch dieses Stück Pergament, alt und brüchig, mit seltsamen Symbolen und geschwungenen Buchstaben in einer fremden Sprache.

„Was ist das denn?", wollte Evi wissen.

„Das sind die Utensilien, die ich brauche, um meine Eltern zurückzuholen."

„Und woher hast du das alles?"

„Das meiste habe ich selbst gesammelt. Das Pergament habe ich vor ein paar Wochen draußen im

Wald gefunden. Da war dieser Pilzkreis, du weißt schon, wo diese Pilze in einem Kreis auf der Lichtung stehen. Und genau in der Mitte dieses Kreises ragte eine Ecke des Pergaments aus der Erde. Ich habe es vorsichtig ausgegraben und mitgenommen. Die Buchstaben zu entziffern, war einfach, den Sinn zu verstehen, war dann deutlich schwieriger. Es stellte sich heraus, dass das ein alter Zauber sein muss." Sie senkte ihre Stimme und verlieh ihren nächsten Worten einen geheimnisvollen Klang: „Ein Hexenzauber."

Evi schüttelte den Kopf. „Du wirst immer verrückter."

Jessica zog die Verschlüsse ihres Rucksacks zu. „Nein. Diesmal klappt es, du wirst schon sehen." Dann warf sie sich den Rucksack auf die Schultern und schlüpfte in ihre Stiefel.

„Du willst jetzt gehen?", fragte Evi. „Dann lass mich wenigsten mitkommen." Sie schlüpfte ebenfalls in ihre Schuhe und nahm die warme Jacke aus dem Schrank.

„Das geht nicht", antwortete Jessica. „Ich muss dort alleine auftauchen, sonst funktioniert der Zauber nicht."

„Und wenn etwas schiefläuft und du dich verletzt?"

„Es wird nichts schieflaufen!"

„Jessica! Wir sind Freundinnen. Lass mich mitgehen", flehte Evi.

„Ich weiß, dass wir Freundinnen sind. Und darum solltest du mich jetzt alleine gehen lassen. Sonst funktioniert das Ritual nicht. Bitte!" Jessica drehte sich um und huschte aus der Tür.

Evi stand nur da und wusste nicht, was sie tun sollte. Jessica hatte sie zwar gebeten, sie nicht zu begleiten, aber wenn ihr etwas zustoßen würde, würde sich Evi das niemals verzeihen. Was sollte sie nur tun?

Schließlich sprang sie auf und huschte zur Tür, wo sie kurz lauschte, und als sie sich sicher fühlte, zog sie die Tür auf und schlüpfte in den dunklen Korridor.

Jessica hatte bestimmt den Weg durch die Lehrerinnen-Toilette genommen, so wie sie es gemeinsam schon oft getan hatten. Evi hielt sich nahe an der Wand und schlich durch den kahlen Flur. Die Tür zur Lehrerinnen-Toilette quietschte nur kurz, als sie sie langsam aufstieß. Das war immer der heikelste Moment. Normalerweise war nachts nie eine Lehrerin hier und trotzdem fürchtete sich Evi davor, Frau Hauser in die Arme zu laufen oder – *Gott behüte!* – Frau Helfenstein. Die alte Geschichtslehrerin sprach schon im Unterricht äußerst laut. Wenn sie dann auch noch mitten in der Nacht zwei Mädchen bei der Flucht nach draußen ertappte, musste das ein ohrenbetäubendes Geschrei geben. Doch weder Frau Hauser noch Frau Helfenstein noch sonst jemand war in der Toilette. Nicht mal mehr Jessica.

Das Fenster war nur angelehnt, das hieß, Jessica hatte bereits den 4-Kant-Schlüssel aus dem Spülkasten geholt und das Fenster geöffnet. Sie war schnell heute. Evi würde sich sputen müssen, um sie nicht zu verlieren.

Schnell huschte sie an der Kabine vorbei und blickte aus dem Fenster. Sie sah gerade noch, wie Jessica mit ihrem grünen Rucksack im Wald am anderen Ende des Sportplatzes verschwand. Dort würde sie wohl etwas langsamer vorankommen. Die Bäume standen dicht beisammen und die schmale Mondsichel gab kaum Licht.

Evi musste den Moment nutzen und ihr auf den Fersen bleiben. Schnell sprang sie aus dem Fenster und zog es hinter sich zu.

Sie rannte gebückt und hoffte, dass weder Jessica noch jemand aus dem Waisenhaus sie entdeckte.

Für ihre Verhältnisse in einer guten Zeit erreichte sie den Waldrand, doch von Jessica war bereits nichts mehr zu sehen. Schwer atmend lehnte sich Evi an einen Baum und dachte darüber nach, was sie jetzt tun sollte.

Jessica mit ihren verrückten Ideen! Was musste sie auch im dunklen Wald herumrennen! Auch wenn sich die Augen langsam an die Dunkelheit gewöhnten, konnte vieles passieren. Wurzeln, über die man stolpern konnte, dornige Brombeerranken, die blutige Kratzer verursachten, wilde Tiere, die sie angriffen.

Sie könnte natürlich die Passstraße nehmen, doch das war ein stundenlanger Umweg. Es blieb ihr also nichts anderes übrig, als den alten Wanderweg zu nehmen.

Drei Mal waren sie schon zusammen dort hinaufgegangen, doch als es im letzten Jahr wieder vergeblich gewesen war, hatte sie eigentlich angenommen, Jessica hätte die fixe Idee aufgegeben, dass ihre Eltern noch einmal erscheinen würden.

Langsam und vorsichtig ging Evi durch den Wald, den schmalen Pfad entlang, der bald steil ansteigen und nach etwa einer halben Stunde die Passstraße kreuzen würde, kurz vor jener verhängnisvollen Stelle, an der Jessicas Eltern damals von der Straße abgekommen waren. Evi starrte angestrengt in die Dunkelheit. Immer wieder sah sie aus den Augenwinkeln Schatten tanzen. Phantome, die hinter Bäumen verschwanden, sobald sie in ihre Richtung blickte. Auf keinen Fall wollte sie, dass Jessica bemerkte, dass sie ihr hinterher geschlichen war. Das würde ihr Vertrauen tief erschüttern. Und doch hielt sie es für ihre Pflicht, ihrer Freundin beizustehen, im Guten wie im Schlechten.

Inzwischen standen die Bäume nicht mehr ganz so dicht, das Unterholz wurde spärlicher, dafür stieg das Gelände jetzt spürbar an. Der Boden war mit Lärchennadeln bedeckt, was sich angenehm weich anfühlte. Zudem ließen die kahlen Bäume mehr von dem spärlichen Mondlicht durch, sodass Evi besser sehen konnte und schneller vorankam. Große Felsbrocken, Überbleibsel vergangener Bergstürze, waren Hindernis und Sichtschutz zugleich.

Evi blickte angestrengt voraus auf der Suche nach Jessica. Diese war nirgends zu sehen. Konnte es sein, dass sie einen anderen Weg genommen hatte? Oder war sie gar langsamer als Evi gewesen und war jetzt hinter ihr?

Abrupt drehte sie sich um und musterte den Wald hinter sich. Überall lauerten Schatten, doch keiner davon war Jessica.

Nach einem weiteren prüfenden Blick in die Runde schaltete sie die Taschenlampe ihres Handys an und ging schneller. Vielleicht hatte Jessica das ebenso gemacht und war deshalb schon weit voraus.

Mit Licht kam sie viel schneller voran. Die Steine und Felsen waren zwar immer noch tückisch, rutschten manchmal unter ihren Füßen weg und rumpelten hinab zum dichten Wald. Dennoch war sie schnell unterwegs, stieg über kniehohe Steine hinweg und lief so rasch sie konnte an den kahlen Lärchen vorbei den Berg hinauf.

Bei dem Tempo würde sie vielleicht noch eine Viertelstunde brauchen, bis sie ihr Ziel erreichte. Sie fragte sich, ob Jessica bei dem Unfall damals eigentlich dabei gewesen war. Ob sie im Wagen gesessen hatte, als er über den Rand der Straße hinaus schoss? Doch im Moment war das unwichtig, jetzt war nur wichtig, dass Jessica keine Dummheit beging. Sie hatte manchmal den Hang zu übertriebenen Aktionen und ging dabei oft zu große Risiken ein. Evi hatte sie schon mehr als einmal zurückhalten müssen. Wie vor einem Jahr, als die ganze Gegend dicht von Schnee bedeckt gewesen war, die Lawinenwarnstufe kurz vor ihrem Ausflug erhöht und davon abgeraten wurde, abseits von befestigten Straßen unterwegs zu sein. Aber für Jessica galt das natürlich nicht, sie musste ja unbedingt am 15. Dezember dort hinauf. Und kurz vor dem Ziel war es dann passiert, ein Schneebrett hatte sich gelöst und Evi konnte ihre Freundin gerade noch in Sicherheit ziehen, bevor der Schnee an ihnen vorbei donnerte. Nun, ein Schneebrett würde heute bestimmt nicht niedergehen, aber es gab an dieser engen, kurvigen Straße noch andere gefährliche Situationen. Schließlich war es auch ein Autounfall gewesen, der Jessica damals zur Waise gemacht hatte.

Inzwischen hatte sie die Stelle fast erreicht. Es wurde Zeit, dass sie die Lampe ausschaltete, damit Jessica sie nicht kommen sah.

In der plötzlichen Dunkelheit konnte sie eine Minute lang gar nichts mehr erkennen. Dann gewöhnten sich ihre Augen langsam wieder an das spärliche Licht von Mond und Sternen. Sie sah Jessica, wie sie offenbar einen Platz für ihr Ritual vorbereitete. Kerzen flackerten, an der Leitplanke war Blumenschmuck befestigt.

Evi kletterte noch etwas näher, hielt sich aber so gut wie möglich in den Schatten der Felsen.

Aus dieser Entfernung ähnelte Jessica einer Hexe aus einem dieser Horror-Filme, die sie immer spät nachts unter der Bettdecke schauten. Unheimlich, besessen und gefährlich.

Vor allem dieses Pergament ließ ihr kalte Schauder über den Rücken laufen. Alte Schriftzeichen, die sie kaum entziffern konnte und die mit einer seltsamen braunen Tinte (oder war es Blut?) geschrieben waren. Als sie einmal danach gegriffen hatte, um es sich genauer anzusehen, hatte Jessica regelrecht gekreischt, sie solle es liegen lassen. Sie glaubte fest daran, dass der Zauberspruch auf diesem Pergament sie wieder mit ihren Eltern zusammen brachte.

Evi war sicher, dass dies nur Humbug war, dass Jessica am Ende frustriert und traurig sein würde. Sie würde ihren Frust hinaus schreien und sich am Ende vielleicht selbst verletzen. Dann müsste sie wieder ins Pausenzimmer (*in die Einzelhaft!*) umziehen.

Evi wurde durch ein Brummen aus ihren Gedanken gerissen. Zwei grelle Lichtfinger näherten sich auf der schmalen Passstraße. Da kam ein Auto genau auf die Stelle zu, wo Jessica ihr Ritual vorbereitete.

Auch sie schien es bemerkt zu haben. Sie blies hastig alle Kerzen aus und versteckte sich hinter dem dicken Stamm einer Lärche. Sie kniete sich hin und war kaum noch zu erkennen, selbst für Evi, die genau wusste, wo Jessica hockte.

Die Lichtfinger und das Brummen des Motors kamen schnell näher, beleuchteten die gesamte Szenerie einen Moment lang, dann verschwanden sie hinter der Kurve und hinterließen eine undurchdringliche Dunkelheit. Sogleich flammten die Kerzen wieder auf. Jessica sprang von einer zur nächsten, fast hektisch, als ob sie plötzlich unter Zeitdruck stünde.

Dann begann eines der seltsamsten Schauspiele, die Evi je beobachtet hatte. Jessica tanzte herum, dem Kreis der Kerzen folgend, in wilden Schwüngen, sodass ihr langes Haar einen weiten Bogen beschrieb. Dazu schwang sie einen Behälter, aus dem Rauch aufstieg und dem Himmel entgegen wirbelte.

Ihr Tanzen wurde immer wilder, mit Sprüngen, schnellen Drehungen und hartem Stampfen. Sie schien zu singen, seltsame Worte zu einem ungewöhnlichen, harten Rhythmus. Wild, urtümlich, magisch.

Ganz plötzlich verstummte Jessica und blieb stehen. Sie schüttelte sich heftig wie besessen. Evi fragte sich, ob sie ihrer Freundin zu Hilfe eilen sollte, doch sie fürchtete sich gleichzeitig davor, dieses Ritual zu stören. Wer weiß, was passierte, wenn man es nicht zu Ende führte?

Jessica nahm ihr die Entscheidung ab, indem sie sich plötzlich kerzengerade aufrichtete und dann ganz mechanisch zu ihrem Rucksack ging, wo sie die kleine Phiole hervor holte.

Sie öffnete diese und tropfte die rotbraune Flüssigkeit in einer langsamen, bedächtigen Bewegung kreisförmig auf den Boden. Und kaum war der Kreis beendet, passierte etwas ganz Außergewöhnliches.

Vom Himmel herab erstrahlte helles Licht, das Jessica vollkommen einhüllte. Aus zusammengekniffenen Augen erkannte Evi, wie neben ihr zwei weitere Gestalten auftauchten. Dunkle Schemen, die zu einer Frau und einem Mann passen konnten und die Jessica zwischen sich nahmen, ihr die Hände reichten und sie wegführten.

Evi traute ihren Augen nicht. Das konnten doch nicht wirklich Jessicas Eltern sein, oder?

Auf jeden Fall verschwanden die drei Gestalten und sobald sie nicht mehr zu sehen waren, erlosch das Licht so abrupt, wie es erschienen war.

Evi rieb sich die Augen. Dann rannte sie hinauf zu dem Ort, wo Jessica diese seltsame Zeremonie durchgeführt hatte. Es roch nach Weihrauch, nach erloschenen Kerzen und ein bisschen nach Schwefel.

„Jessica? Bist du da?", rief sie.

Es kam keine Antwort, nur das leise Raunen des Windes.

„Jessica?" Jetzt schwang Furcht in ihrer Stimme mit. Immer wieder rief sie nach ihrer Freundin, schaute in alle Richtungen und lauschte. Nichts! Nur die Gegenstände, die sie für das Ritual verwendet hatte, waren noch da. Die Blumen an der Leitplanke, die Kerzen, der Weihrauchbehälter und auch die Phiole, in der immer noch ein paar letzte Tropfen eintrockneten. Auch das Pergament mit den seltsamen Schriftzeichen war noch da, etwas schmutziger als zuvor, aber noch lesbar.

Evi stopfte alles in Jessicas Rucksack und warf ihn sich über die Schulter. Bevor sie los ging, schaute sie noch ein letztes Mal in die Runde. Nirgends regte sich etwas, nicht einmal eine kleine Waldmaus. Evi fühlte sich so alleine wie nie zuvor. Ein Schauder überlief sie, die Haare in ihrem Nacken richteten sich auf. Sie setzte sich in Bewegung, fort von diesem unheimlichen Ort.

Sie ging wie in Trance, merkte kaum, wie sie den Berg hinab lief. Erst als sie vor sich das Waisenhaus aufragen sah, kam sie zu sich.

Wenn sie jetzt noch unbemerkt ins Zimmer zurückkäme, würde man ihr glauben, dass sie nichts über Jessicas Verschwinden wusste. Und im Grunde stimmte das ja. Sie wusste tatsächlich nicht mit Sicherheit, wohin Jessica gegangen war.

Und dann hatte sie eine Idee.

Sobald sie ihr Zimmer erreicht hatte, verstaute sie den Rucksack mit allem, was drin war, in ihrem Schrank. Nur das Pergament versteckte sie sorgfältig unter ihren Socken. Dann legte sie sich ins Bett und versuchte noch etwas zu schlafen, bis sie dann am frühen Morgen Jessicas Verschwinden melden musste.

Danach begann der Ablauf, wie sie ihn schon oft erlebt hatten im Waisenhaus. Die Polizei wurde eingeschaltet, es wurde halbherzig gesucht und die Suche nach ein paar Tagen eingestellt. Eine Ausreißerin mehr, kein Grund zu übermäßiger Sorge. So lief das immer.

Nach ein paar Monaten bekam Evi eine neue Zimmergenossin, die sie nicht besonders leiden konnte. Doch das spielte keine Rolle mehr. Bald war es auch für sie Zeit aufzubrechen.

Am 12. Mai holte sie das Pergament aus dem Versteck unter ihren Socken hervor, schulterte den Rucksack und machte sich auf, ihre Eltern wiederzufinden.

Sie erzählen vom Himmel

Vor vielen Jahren habe ich in der Zeitung darüber gelesen, wie Menschen zu Gott finden und dabei vielleicht sogar etwas übers Ziel hinaus schießen. Es gibt diese Geschichten von Menschen, die ihre Familien verlassen, die alles aufgeben, um nur noch ein gottgefälliges Leben in Einsamkeit zu verbringen. Trotzdem ist diese Geschichte natürlich frei erfunden, allfällige Ähnlichkeiten mit tatsächlichen Begebenheiten sind rein zufällig.

———————

Ralph kniete auf dem Boden und packte den großen Rucksack für seine private Andacht. Er zitterte vor Aufregung, endlich war der erste Advents-Sonntag gekommen. Der Tag, an dem das große Warten auf Weihnachten begann. Und der Tag, an dem Ralph seinem Vater wieder begegnen würde. Er hatte es sich tausend Mal vorgestellt in seinen Träumen.

Mit zitternden Fingern griff er nach den Utensilien, die er im Laufe der Woche gekauft und bereitgelegt hatte. Fast wäre sein Rucksack zu klein gewesen, aber mit etwas gutem Willen und einer gewis-

sen Kraftanstrengung konnte er die Schnappver-
schlüsse schließen.

Als er den Rucksack auf die Schultern warf, war
er überrascht, wie leicht dieser war. Nun, die Hälfte
des Inhalts war Stroh, leicht aber voluminös. Umso
besser. Der Weg, den er heute zu gehen hatte, war
schwer genug, auch mit einem leichten Rucksack.

Wie lange hatte er keine Kirche mehr betreten?
Ralph war acht Jahre alt gewesen damals, am ersten
Adventssonntag des Jahres 2003. Er konnte sich genau erinnern. An jenem Tag waren sie zum letzten
Mal gemeinsam in der Kirche gewesen. Papa, Mama
und Ralph. Der Pfarrer hatte darüber gesprochen,
wie man Gott begegnen könne und sein Vater hatte
interessiert zugehört.

Ralph hatte damals nur wenig verstanden von
den seltsamen Dingen: Martyrium, sich selbst hingeben für Gott, begnadet sein und noch viele andere
unverständliche Dinge.

Aber Papa hatte verzückt gelauscht und nach
dem Gottesdienst war er aus der Kirche getreten
und hatte sich von Ralph und Mama verabschiedet
mit den Worten: „Ich muss mich ganz Gott hingeben." Dann war er davon gegangen und nie wieder
aufgetaucht.

Fünfzehn Jahre war das jetzt her und für Ralph
fühlte es sich an, als wäre es erst gestern gewesen.

Er stapfte los, machte sich auf den Weg zu der Kirche, wo er seinen Vater zum letzten Mal gesehen hatte. Nur ein kurzer Fußmarsch von vielleicht zwanzig Minuten, doch der Weg schien sich in die Länge zu ziehen, dehnte sich wie ein Gummiband, das so lange gespannt wurde, bis es riss.

Als er endlich die Kirche erreichte, blieb er einen Moment stehen, genau an der Stelle, an der sich sein Vater damals verabschiedet hatte. Wenn nur Mama jetzt dabei wäre. Aber sie war den Herausforderungen einer alleinstehenden Mutter nicht gewachsen gewesen. Sie hatte aufgegeben.

Schweren Schrittes ging Ralph die fünf Stufen hinauf bis zum Kirchenportal. Die große Türe aus Eichenholz schwenkte auf ihren schweren Eisenbeschlägen geräuschlos auf. Das Innere der Kirche überwältigte ihn immer noch. Ein langer Gang führte zwischen dutzenden Bankreihen schnurgerade zum steinernen Altar vor dem riesigen Kreuz mit der so lebensecht wirkenden Christusfigur. Schon als Kind hatte sich Ralph vorgestellt, wie es sein musste, an dieses Kreuz genagelt zu werden. Er hatte sich ausgemalt, wie die Römer damals ihre Opfer ans Kreuz schlugen. Ob sich die Opfer gewehrt hatten? Ob sie versucht hatten, ihre Hände wegzuziehen? Ob Jesus sich gewehrt hatte? Viel später hatte er gelesen, dass die Römer damals gar keine Nägel verwendeten, sondern die Menschen nur mit Seilen an die Kreuze banden. Eine weitere Geschichte, die von der Kirche verdreht worden war. Und immer wieder gab es Menschen, die an diese Geschichten glaubten.

Endlich konnte er den Blick von dem riesigen Kreuz lösen und über die Bankreihen schweifen lassen.

So ein Mist, da saß eine junge Frau. In seinen Träumen war die Kirche immer leer gewesen. Was sollte er jetzt tun? Er setzte sich in die hinterste Reihe und stellte den Rucksack vor sich auf den Boden. Vielleicht ging sie ja bald.

Die Frau war etwas jünger als er. Sie trug eine dicke Daunenjacke und eine offensichtlich selbst gestrickte Wollmütze. Warum sie wohl alleine in der Kirche saß? Sie hatte den Kopf gesenkt, war vermutlich in ein stummes Gebet vertieft.

Ralph wartete. Sobald sie die Kirche verlassen hatte, konnte er seine eigene Andacht beginnen.

Nach einer Weile kam er zum Schluss, dass die Frau noch länger nicht gehen würde. Er stand auf, nahm seinen Rucksack und setzte sich direkt neben die Frau.

„Guten Abend", sagte er freundlich. „Darf ich mich zu Ihnen setzen?"

Sie nickte nur und bewegte weiterhin ihre Lippen in einem stummen Gebet. In ihrer rechten Hand hielt sie einen Rosenkranz, an dem sie langsam Perle für Perle weiter betete. Es lagen noch etwa ein Dutzend dieser Holzkugeln vor ihr.

Ralph saß schweigend neben ihr. Wartete. Beobachtete. Sie hatte schöne Finger, schlank und gepflegt. Irgendwo zischte eine Kerze.

Er wartete, bis sie den Rosenkranz zusammenrollte und in die Tasche steckte, dann fragte er: „Warum sind Sie an einem Sonntagabend alleine in der Kirche und nicht bei Ihrer Familie?"

Sie sah ihn zum ersten Mal richtig an. Sie hatte wundervolle Augen. Grünblau wie das Wasser eines Bergsees und genauso tief. Ralph wünschte sich, er könnte darin eintauchen, sich ganz diesem Gefühl hingeben, doch dafür war jetzt nicht die richtige Zeit.

„Ich habe keine Familie", antwortete sie.

„Das tut mir leid."

„Das muss es nicht. Ich komme immer her, wenn ich mich einsam fühle. Die Kirche gibt mir ein gutes Gefühl."

Papa war auch lieber in der Kirche gewesen als zu Hause. Bloß war er noch viel weiter gegangen, hatte sich ganz für die Kirche aufgeopfert und die Familie verlassen. Hatte Ralph verlassen!

„Meine Eltern sind vor einem Jahr gestorben. Bei einem Unfall auf der Autobahn", erzählte die Frau. „Seither komme ich oft her und bete. Dann habe ich das Gefühl, ich könne bei ihnen sein.

Wenn ich still hier sitze und meinen Rosenkranz bete, höre ich sie. Sie sprechen mit mir, erzählen mir vom Himmel. Wie schön es dort ist. Und sie geben mir Rat, wenn ich nicht weiter weiß."

Ralph hatte das alles schon einmal gehört. Sein Papa hatte früher auch oft Trost und Rat in der Kirche gesucht. Aber für Ralph hatte es nie Trost und Rat gegeben, nicht von seinem Vater und schon gar nicht von der Kirche.

„Am Anfang war es schlimm", erzählte die Frau weiter, „das alleine Sein. Aber mit der Zeit ändert sich das. Ich fand viel Ruhe und Kraft im Gebet. Wie ist das bei Ihnen? Kommen Sie auch oft her?"

Ralph schauderte bei dem Gedanken. „Nein", sagte er, „eigentlich nie."

Sie blickte ihn mit ihren Bergsee-Augen an. „Vielleicht sollten sie das. Mir hat es geholfen."

Es fühlte sich an, als würde sie sich weiter weg setzen. Sobald sie darüber sprach, wie die Kirche und der Glaube ihr halfen, baute sich eine unsichtbare Mauer zwischen ihnen beiden auf. Die Kirche entfernte alle anderen Menschen aus seinem Leben. Zuerst Papa, der seine Familie verließ, um als Einsiedler zu Gott zu finden. Dann Mama, die daran zerbrochen war und sich das Leben nahm. Fünfzehn Jahre lang hatte er Kirchen gemieden. Bis heute. Es war Zeit, dem ein Ende zu setzen, doch dafür müsste er alleine sein.

Als ob sie dies gespürt hätte, stand die junge Frau auf. „Es war mir eine Freude, Sie zu treffen", sagte sie und streckte ihm die Hand entgegen. „Ich bin Angela. Sehen wir uns nächsten Sonntag wieder?"

Er nahm ihre Hand. Irritiert.

„Vielleicht", antwortete er, obwohl er wusste, dass er sie nie wiedersehen würde. Nicht in dieser Kirche und auch sonst nirgends.

Ihre Absätze klapperten, als sie durch den langen Gang zum Portal ging. Ralph blickte ihr nach, bis sie verschwunden war, dann warf er sich den Rucksack über die Schultern. Es wurde Zeit, seinen Plan umzusetzen.

Behände kletterte er über das schmiede-eiserne Gitter in den Altarraum. Verbotenes Terrain! Jetzt musste er sich beeilen!

Schnell schlüpfte er aus den Trageriemen des Rucksacks, warf diesen zu Boden und riss ihn auf.

Jetzt zahlte es sich aus, dass er beim Packen vorausgedacht hatte. Zuoberst lag die Papiertasche mit dem Stroh. Gleich darunter der Draht, den er eingepackt hatte, um das Stroh am großen Kreuz festzubinden. Dieses Kreuz hatte so viel Leid in seine Familie gebracht. Jetzt war es Zeit für die Abrechnung. Hier, vor diesem Kreuz, hatte das Unheil begonnen, als Papa plötzlich die Wahnvorstellung hatte, er müsse sein ganzes Leben Gott widmen. Als Folge davon war Mama mit ihrem Leben nicht mehr zurechtgekommen, hatte sich vor den Zug geworfen und Ralph alleine zurückgelassen in einer Welt, in der er gar nicht wirklich leben wollte.

Die ersten Büschel Stroh waren schwierig zu befestigen, (Vielleicht hätte er das zu Hause üben sollen?) doch mit jeder Lage Stroh und Draht wurde er geschickter. Schon bald hatte er das Kreuz mit Stroh umwickelt und mit Draht festgezurrt. Es reichte hinauf bis zur Brust der Christusfigur. Das musste reichen. Er holte den Spiritus aus dem Rucksack und begoss das Ganze großzügig damit. *Spiritus Sanctus*, Heiliger Geist, dachte er und schnaubte verächtlich.

Jetzt blieb nur noch eins zu tun. Er holte die Streichhölzer aus dem Rucksack, stellt sich direkt vor das Kreuz und entzündete es. Sofort lodern Flammen hoch, die Spiritusdämpfe und das Stroh boten einen idealen Nährboden. Das hölzerne Kreuz, das Jahrzehnte, wenn nicht sogar Jahrhunderte lang, hier gehangen hatte, fing ebenfalls Feuer.

Ralph jubelte den Flammen zu, schrie seine aufgestaute Sehnsucht hinaus. Er beobachtete, wie das Feuer am Holz des Kreuzes und an der Figur leckte, sie verzerrten. Das Gesicht der Figur veränderte sich, wurde zum Abbild seines Vaters, so wie er ihn in Erinnerung hatte. Mit dem entrückten Blick, der ihm ins Gesicht geschrieben stand, als er aus der Kirche ging und sich aus dem Staub machte.

Noch ein letztes Mal wollte Ralph seinen Vater in die Arme schließen. Er trat ganz dicht an die hell lodernde Figur heran, spürte ihre Wärme, die er so lange vermisst hatte. Im Hintergrund meinte er seine Mutter zu sehen, die ihm zulächelte. Endlich war die Familie wieder in einer warmen Umarmung beisammen.

Ein nächtliches Abenteuer

Martin scheint ein recht attraktiver Mann zu sein, doch wirklich sympathisch vermag er uns nicht zu werden. Dafür ist er dann eben doch etwas zu egozentrisch. Dass er hier einmal eine Grenze aufgezeigt bekommt, scheint mir irgendwie gerecht. Was meinen Sie?

Es wurde Zeit, dass er wieder mal ein Abenteuer erlebte. Das letzte Mal war schon eine ganze Weile her.

Martin dachte zurück an Jolanda, die feurige Spanierin. Er hatte sie in der Bar des Hotels Kreuz kennengelernt, als sie geschäftlich in der Stadt war.

Das war noch im Sommer gewesen, die Sonne hatte ihre Körper gewärmt, als sie zusammen beim Weiher auf der Picknickdecke lagen.

Ein wohliger Schauer überlief ihn. Wenn sie wüsste, dass er das gefilmt hatte! Er hatte seine Abenteuer immer gefilmt, hausgemachte Sexfilme, meist verwackelt, weil er mit seinem Handy hantieren musste, ohne dass die Frauen etwas davon bemerkten.

Er schaltete seinen PC ein, wollte sich den Film wieder einmal ansehen und vielleicht auch noch den mit Giselle aus Frankreich, die so fantastisch beweglich war.

Die meisten seiner Eroberungen stammten aus dem Ausland. Er traf sie in Hotel-Bars oder in Clubs in der Stadt. Sie waren vielleicht nicht die Schönsten, aber alle waren sie willig und wie er selbst nur auf ein Abenteuer aus. Eine einmalige Affäre ohne Verpflichtungen, so mochte er das. Und den Frauen schien es auch zu passen. Den meisten jedenfalls. Nur einmal wollte eine Frau, dass er sie heiratete. Agatha aus Polen war das gewesen. Eine Zeit lang hatte sie ihn regelrecht terrorisiert, hatte jeden zweiten Tag angerufen, doch nachdem er ihre Nummer stumm geschaltet und alle ihre Anrufe ins Leere hatte laufen lassen, hatte sie irgendwann aufgehört. Recht so. Mit ihr hatte er es direkt neben dem Maisfeld getan, eigentlich wollte er sogar zwischen den langen trockenen Maispflanzen liegen, doch dort war der Boden zu hart und sie hatte sich beschwert, dass ihr die trockenen Blätter in den Rücken stachen. Aber direkt neben dem Feld konnte er das Rascheln des Maises hören und dabei an Agatha naschen. Und dass kurz hintereinander zwei Züge vorbei gerauscht waren, gab ihm noch einen zusätzlichen Kick. Aufgegeilt von der Erinnerung an vergangene Abenteuer stellte er sich unter die Dusche. Heute würde er es in der Bar des Hotels Pfauen versuchen. Dort hatte er auch schon öfter hübsche Beute gemacht. Hatte er nicht sogar Agatha dort getroffen?

Während er seinen Körper einseifte, dachte er daran, wie seine nächste Eroberung seine Haut liebkosen und mit ihren Fingernägeln wohlige Schauer über seinen Körper laufen lassen würde.

Er konnte es kaum noch erwarten. Er sprang aus der Dusche, trocknete sich flüchtig ab und zog seinen Aufreißer-Anzug an. Das rosafarbene Hemd, das perfekt zu seiner solariumgebräunten Haut passte, dazu das dunkle Jackett, das seine Schultern etwas breiter wirken ließ und dann natürlich die enge Hose, die seinen Po so knackig betonte.

Nachdem er sein Spiegelbild mehrmals überprüft und seine Locken in die richtige Position gezupft hatte, kontrollierte er den Akkustand seines Handys. Nicht ganz voll, aber bestimmt genug, um damit einen Film aufzunehmen.

Euphorisch und voller Vorfreude machte er sich auf den Weg.

Die Pfauen-Bar war nur schwach besucht. Naja, es war kurz vor Weihnachten und die großen Kongresse waren alle längst vorbei. Und abgesehen davon verirrten sich nur selten Touristen hierher. Besonders wenn der Winter die Stadt in seinen eisigen Fingern hielt und alles nass und kalt und grau war. Selbst Martins euphorische Stimmung wurde von der Kälte gedämpft.

Doch dort am Ende der Bar war eine Frau, die offensichtlich alleine war. Martin setzte sich auf einen Hocker, weit genug von ihr weg, um sie nicht einzuschüchtern. Er würde erst eine Weile abwarten, ob sie nicht doch mit einem Partner hier wäre, der vielleicht gerade auf der Toilette war. Er bestellte sich einen Caipirinha. Das süß-saure, eisgekühlte Getränk passte nicht recht zum Winter in der Stadt, aber genau das war es, was Martin daran mochte: das Gefühl von Sommersonne und Sandstrand, den das Getränk in ihm wachrief.

Immer wieder ließ er seinen Blick zu der Frau schweifen, die alleine an der Bar saß. Sie schien ihn auch bemerkt zu haben, lächelte ihm zu. Das war sein Startsignal.

„Sie sind nicht von hier?", fragte er sie. „Wohnen Sie im Hotel?"

„Wir haben morgen ein Treffen von unserem Club."

„Ein Club? Was für ein Club."

Jetzt war es Zeit, sich auf den Hocker neben sie zu setzen. Martin verstand nicht alles, was sie erzählte. Viel Esoterisches. Von Energie aufladen, von der

Winter-Sonnenwende, von magischen Ritualen. Was ihn vor allem interessierte, war, dass es sich offenbar um einen Club von ausschließlich Frauen handelte. Und sie, Daniela, hatte ihn als Gast dazu eingeladen!

„Dann holst du mich also morgen um 20 Uhr hier ab?"

„Ich werde da sein."

Er hatte sich zwar vorgestellt, heute noch eine Frau zu vernaschen, doch die Aussicht, morgen gleich mehrere zu treffen, konnte ihn noch eine Weile vertrösten. Sie hauchte ihm einen Kuss auf die Wange und verschwand Richtung Ausgang. „Bis morgen."

Am nächsten Tag wiederholte Martin sein Ritual vom Vortag. Er duschte, rasierte sich, rieb sein bestes After Shave ins Gesicht und schlüpfte wieder in seinen Aufreißer-Anzug, diesmal mit dem hellblauen Hemd.

Pünktlich um acht Uhr war er am Hotel. Daniela wartete bereits auf ihn. „Schön, dass du pünktlich bist."

Sie führte ihn zum Parkplatz, wo ein roter Audi A3 mit laufendem Motor wartete. Darin saßen zwei hübsche Frauen, beide um die dreißig. Eine Blondine mit unwahrscheinlich langen Haaren saß am Steuer und winkte, als er mit Daniela ankam. Auf dem Beifahrersitz saß eine Dunkelhaarige mit einer biederen Pony-Frisur, die so gar nicht zu dem tief ausgeschnittenen roten Kleid passte, das gerade genug von ihren Brüsten sehen ließ, um einem Mann den Mund wässrig zu machen, aber dennoch genug davon verbarg, dass es nicht billig wirkte.

Daniela öffnete die hintere Türe und forderte ihn auf einzusteigen. Dann setzte sie sich neben ihn und zog die Türe zu. „Da wären wir. Hier vorne sind Denise", sie deutete auf die Fahrerin, „und Angela auf dem Beifahrersitz. Und das ist also unser Begleiter für heute: Martin."

„Willkommen, Martin!", rief Denise fröhlich.

„Hallo", hauchte Angela und zog das O genüsslich in die Länge. Ihre roten Lippen bildeten dabei eine fast perfekte Rundung, die wie ein Versprechen künftigen Genusses vor ihm aufleuchtete. Martins Herz hüpfte in der Brust und pumpte Adrenalin in seinen Körper.

„Aber erst trinken wir einen kleinen Aperitif", lachte Daniela und holte vier kleine Fläschchen aus ihrer Handtasche, kleine Shots, die im Licht des Armaturenbretts grün leuchteten.

„Für jeden einen kleinen Feigling", grinste sie und reichte die Fläschchen herum. „Also, ex und hopp!"

Martin musste sich nicht zweimal bitten lassen. Er prostete den drei Frauen zu und trank das süße Getränk in einem Zug aus.

Dann ging die Fahrt los, Martin wusste nicht, wohin, doch das war ihm auch egal. Daniela und er leerten noch einige weitere von den kleinen Fläschchen. Bald schon fühlte er sich etwas schummrig, seine Sicht verschleierte sich. Manchmal sah es so aus, als ob Danielas Haut durchscheinend wurde und eine dunkle ameisenartige Fratze entblößte.

Er schüttelte den Kopf, um diese seltsamen Bilder abzuschütteln. Das half kurz, doch schon bald bemerkte er auch bei den anderen Frauen diese seltsamen Veränderungen.

Was war nur los mit ihm. Und wo zu Teufel fuhren sie eigentlich hin.

Daniela reichte ihm einen weiteren kleinen Feigling und prostete ihm zu. Er trank artig und spürte kaum noch etwas davon.

Immer wieder fielen seine Augen zu. Als er das letzte Mal die Umgebung wahrgenommen hatte, hatte er Sterne über einer weiten Wiesenlandschaft gesehen, jetzt fuhren sie durch einen Wald. Er hatte die Orientierung komplett verloren, hatte keine Ahnung, wo er sich befand und wohin die Frauen mit ihm unterwegs waren. Sie kicherten ständig und sprachen miteinander. Das heißt, sie bewegten ihre Lippen, aber Martin konnte sie nicht hören. Es war, als ob ein Film lief, bei dem der Ton ganz heruntergedreht war. Wieder verschwamm alles vor seinen Augen und der Schlaf übermannte ihn.

Als er das nächste Mal erwachte, schlotterte er vor Kälte. Etwas Hartes drückte ihm in den Rücken, er konnte sich nicht bewegen. Sein ganzer Körper schmerzte und als er an sich herunter blickte, erkannte er, dass er nackt an einem Baum lehnte. Seine Handgelenke waren brutal auf den Rücken gedreht und hinter dem Baum mit Schnur zusammengebunden.

Doch das Schlimmste war, was er direkt vor sich sah. Die drei Frauen tanzten um ein loderndes Feuer. Ihre Kleidung hing in Fetzen von etwas herunter, was noch entfernt wie Frauenkörper aussah. Die Haut war durchscheinend und gab den Blick frei auf pulsierendes Fleisch, das sich ständig verformte. Beulen wuchsen und verschwanden, tauchten woanders wieder auf. Ihre jetzt haarlosen Köpfe hatten sich verformt, die Schädel waren oben abgeflacht, dafür waren die Münder spitz nach vorn gewachsen. Dort, wo früher die Backen waren, wuchsen kräftige Mandibeln heraus wie bei zu groß geratenen Ameisen.

Martins Magen rebellierte, drehte sich um, er spuckte eine saure Mischung aus Feigling und dem

Sandwich, das er am Nachmittag als Zwischenverpflegung gegessen hatte, vor seine Füße.

Das brachte die drei Frauen (sollte er sie wirklich noch so nennen?) zu einem freudvollen Kreischen, das ihm in den Ohren schmerzte.

Wild kreischend tanzten sie ums Feuer, dann änderten sie plötzlich ihre Richtung, scherten aus dem Kreis aus und stellten sich vor ihn hin. Aus ihren Mäulern kam ein übler Geruch, als ihr Gesicht direkt vor seinem auftauchte und sie seinen Atem wie bei einem unheiligen Kuss aufsaugten. Dann bogen sie abrupt wieder auf ihre Runde um die Flammen ein, drehten eine Runde ums Feuer und kamen wieder zurück, um mehr von seiner Energie aufzusaugen. Er spürte, wie er langsam schwächer wurde.

Panisch zerrte er an den Fesseln, die seine Handgelenke zusammenhielten. Er musste sich aus dieser Lage befreien, bevor sie zu viel von seiner Energie geraubt hatten. Mit jedem Atemzug, den ihm eine dieser Horrorgestalten aus dem Mund saugte, schwand seine Kraft etwas mehr. Kalter Schweiß rann an seinem Körper herunter. Er verdrehte die Arme in alle möglichen Richtungen und zerrte an den Fesseln. Immerhin betäubte die Kälte die Schmerzen in den Handgelenken. Mit einem beherzten Ruck schaffte er es, eine Hand aus den Fesseln zu befreien, und gleich darauf fielen die Schnüre zu Boden und beide Hände waren frei.

Er wartete noch einen Moment ab, sammelte Kraft für einen kurzen heftigen Sprint. Aber zuerst musste er seine ausgekühlten Muskeln aufwärmen. Langsam bewegte er seine Finger und seine Zehen, stets darauf bedacht, dass die drei Gestalten nichts davon mitbekamen. Doch da bestand keine Gefahr. Sie waren vollkommen mit sich selbst beschäftigt, tanzten ihren seltsamen Reigen und stießen dabei immer wieder dieses Kreischen aus.

Das Blut kehrte langsam in seine Gliedmaßen zurück, was sich mit einem schmerzhaften Ziehen bemerkbar machte. Ob er wirklich auf diesen kalten, geschundenen Beinen laufen konnte? Was, wenn er einfach nur hinfallen würde, sobald er versuchte, seinen ersten Schritt zu tun?

Wieder kam eine der Frauen vorbei, hauchte ihm ins Gesicht und atmete seine Energie ein. Er hatte keine andere Wahl, er musste es versuchen. Kaum war sie wieder in den Kreis ums Feuer zurückgekehrt, sprang er los. Seine Beine schmerzten bei jedem Schritt, aber sie knickten nicht ein, sondern trugen ihn weg von dem Feuer, zuerst unbeholfen und ungeschickt, dann immer flüssiger. Der flackernde Schein des Feuers hinter ihm gab genug Licht, damit er einigermaßen einen Weg fand. Brombeerdornen zerstachen seine Füße, während er durch den Wald stolperte, in die Richtung, in der er das Dorf vermutete.

Das Kreischen der Frauen war lauter geworden. Seine Flucht hatte sie zwar überrascht, aber nach einer Schrecksekunde folgten sie ihm wütend. Er riskierte einen kurzen Blick über die Schulter und sah, wie sie schnell aufholten. Lange würde er das nicht durchhalten. Aber er hatte noch etwas gesehen, das ihm wieder Mut machte. Die Haut der Frauen schien noch weiter durchscheinend zu werden. Offenbar zerfielen sie langsam, wenn sie nicht von seiner Lebensenergie zehren konnten. Er müsste also nur lange genug verhindern, dass sie seine Lebenskraft einatmeten, dann würden sie sich vielleicht ganz auflösen. Aber ob er so lange durchhalten würde? Ihm war schrecklich kalt. Splitternackt im Winterwald herumzurennen, würde das nicht besser machen. Er brauchte ein Versteck! Oder sollte er den offenen Kampf suchen? Aber wie bekämpfte man diese Gestalten? Wären sie ganz normale Frauen gewesen, hätte er sich vielleicht gegen alle drei behaupten können, doch wie stark mochten diese Geschöpfe sein. Er musste fliehen, sich in Sicherheit bringen.

Endlich gelangte er auf einen Pfad, auf dem er schneller vorankam.

Wieder blickte er über die Schulter zurück, sein Vorsprung vergrößerte sich. Die Weiber waren zwar immer noch hinter ihm her, aber sie waren langsamer geworden. Ihre Haut war inzwischen kaum noch zu erkennen, nur noch das pulsierende Etwas, das noch ein bisschen wie Fleisch aussah. Ihre kräftigen Kiefer schlugen wütend aufeinander, aber nicht mehr ganz so wild. Sie schienen wirklich schwächer zu werden. Das könnte seine Chance sein.

Er lief weiter auf dem Weg und plötzlich dämmerte ihm, wo er war. Wenn er richtig lag, würde hinter der nächsten Biegung der Mistelweiher auftauchen. Dort parkten manchmal junge Paare, um die Zweisamkeit zu genießen. Wenn er dort jemanden antreffen würde, könnte er sich vielleicht in einem der Autos in Sicherheit bringen. Er legte noch einmal einen Zahn zu, flog regelrecht den Weg entlang.

Dann kam die Biegung und er konnte den Weiher und den Parkplatz einsehen. Kein Wagen! Frustriert warf er einen weiteren Blick über die Schulter. Eine der Gestalten lag am Boden wie ein zusammengesunkenes Bündel aus Kleidern und waberndem, sich auflösendem Körper. Die Erste hatte den Kampf wohl verloren. Aber zwei waren immer noch hinter ihm her und kamen schnell näher. Einen Moment lang fragte er sich, ob die Geschöpfe wohl schwimmen konnten, dann sprang er aus einem Impuls heraus in den Teich.

Das Wasser war eiskalt, er prustete, schnappte nach Luft. Lange würde er das nicht aushalten. Er strampelte wild, um seinen Körper warm zu halten, doch er wusste, dass er diesen Kampf gegen die Kälte verlieren würde. Aber die Ungeheuer waren am Ufer stehen geblieben. Sie sprangen hin und her, trauten sich jedoch nicht ins Wasser.

Martin ruderte mit Beinen und Armen und starrte die Ungeheuer an. Direkt vor ihm schmolz eines der Geschöpfe, wurde immer kleiner. Die Kleidung, die nur noch in Fetzen an ihr herunter gehangen hatte, fiel zu Boden, breitete sich um die kümmerlichen Überreste aus.

Das letzte Biest schrie noch einmal auf und wagte in einem verzweifelten Versuch den Schritt ins Wasser. Es zischte, als ob ein glühendes Holzscheit eingetaucht würde, eine Dampfwolke stieg auf und von dem Geschöpf war innert Sekunden nichts mehr zu sehen.

Martin traute seinen Augen kaum. Er hatte es tatsächlich geschafft! Mit letzter Kraft strampelte er ans Ufer zurück, stieg ängstlich über die Überreste der Frauen.

Bibbernd und schlotternd ging er zurück zum Feuer. Er musste sich unbedingt aufwärmen, wenn er überleben wollte.

Immerhin fand er seine Kleider, welche die Frauen achtlos auf einen Haufen neben dem Feuer geworfen hatten. Sie waren sogar noch warm und trocken. Mit klammen Fingern zog er sich an, doch obwohl das Feuer noch hell loderte, wurde ihm nicht wärmer. Ob er jemals wieder Wärme empfinden könnte? Er schlotterte und schaute in die Richtung, in der der Weiher lag. Waren sie wirklich alle verschwunden? Was, wenn es noch mehr solche Frauen gab?

Die Mutprobe

Die typischen Probleme von Teenagern haben wir schon einmal behandelt in diesem Buch. Wenn Mädchen plötzlich nicht mehr nur Spielkameradinnen sind, sondern zu attraktiven, sexuellen Wesen werden, reagieren die Jungs manchmal etwas extrem. Hier wollen zwei mit einer Mutprobe herausfinden, wer denn nun der Coolere von ihnen beiden sei. Und wie das manchmal bei diesen Mutproben ist, verläuft es etwas anders als geplant.

––––––––––––

„Ich bin der Ältere, darum sollte ich es zuerst versuchen dürfen", verlangte Didi.

„Aber sie hat mich angesprochen, nicht dich!", insistierte Reto.

Dass jetzt ausgerechnet Martina einen Keil zwischen ihre Freundschaft treiben sollte, war eine Ironie des Schicksals. Didi und er waren schon seit dem Kindergarten befreundet, so vieles hatten sie zusammen erlebt, auch die ersten Liebeleien mit dem anderen Geschlecht hatten ihrer Freundschaft nichts anhaben können.

Aber dann war Martina wie eine seltene Blume erblüht. Sie gingen schon länger zusammen zur Schule, aber in den letzten paar Monaten hatte Martina eine erstaunliche Wandlung durchgemacht. Ihre Brüste waren gewachsen, sie hatte ihre Haare anders frisiert, hatte sich neu eingekleidet. Und plötzlich war aus dem schüchternen Mädchen eine atemberaubende jugendliche Schönheit geworden. Innert Kürze hatte sie den beiden Jungs den Kopf verdreht. Und plötzlich standen die beiden Freunde in Konkurrenz zueinander.

Reto fand das unfair. Teenager zu sein, war auch sonst kein Zuckerschlecken, aber das ging jetzt wirklich zu weit.

Martina würde er trotzdem nicht kampflos aufgeben.

„Es gibt nur einen Weg, herauszufinden, wer der Coolere von uns beiden ist", sagte er.

„Und der wäre?"

„Wir machen eine Mutprobe. Und der Gewinner darf sich um Martina bemühen."

„Einverstanden. Und was soll das für eine Mutprobe sein?"

„Du kennst doch das Geisterhaus unten am Bach?"

„Klar, wer kennt das nicht?"

„Dort gehen wir abends hin, kurz bevor es dunkel wird. Und dann essen wir dort ein Picknick. Wer es länger in dem Haus aushält, ist der Coolere und darf Martina haben."

Didi dachte einen Moment darüber nach. Dann nickte er. „Einverstanden. Wir machen das am Freitag, dann haben unsere Eltern bestimmt nichts dagegen, wenn wir abends länger weg sind."

Reto hatte es kaum erwarten können, dass endlich Freitag war. Seine Eltern hatten erlaubt, dass er bis zehn Uhr draußen war. Er musste nur versprechen, dass er die ganze Zeit mit Didi zusammenblieb. Und das war seine leichteste Übung. Er würde auf jeden Fall mit Didi zusammenbleiben. So lange wie es nötig war. Bis geklärt war, dass er, Reto, der Coolere war.

Er packt sich ein Sandwich ein, ein paar Äpfel, einen Schokoriegel und eine Packung Gummibärchen. Das sollte reichen für ein Picknick unten beim Geisterhaus. Jetzt fehlte nur noch die Feldflasche und dann konnten sie sich auf den Weg machen.

Der Abstieg zum Geisterhaus war steil. Die Straße führte in engen Kurven steil nach unten in das tiefe Tobel, das der Bach in die Landschaft gefressen hatte. Früher waren sie oft dort unten gewesen, um zu spielen. Dort gab es eine Stelle, wo der Bach eine Rutsche aus dem weichen Sandstein gewaschen hatte. Als Zweitklässler hatten sie daran ihre helle Freude gehabt. Aber das war jetzt natürlich vorbei. Jetzt waren sie vierzehn, schon fast erwachsen. In diesem Alter spielte man nicht mehr am Bach. Diesen Sommer war Reto oft ins Freibad gefahren. Dort gab es eine richtige Rutsche und viele hübsche Mädchen in knappen Bikinis.

„Wie lange mag das her sein, seit wir zuletzt hier unten waren?", fragte Didi.

„Eine Ewigkeit. Damals waren wir noch Kinder."

Didi lachte. „Genau. Und jetzt sind wir dafür zu alt."

„Schade eigentlich. Wir hatten hier doch immer viel Spaß."

„Stimmt."

„Ich kann mich noch genau erinnern, wie wir einmal diese selbst geschnitzten Boote über den Wasserfall haben schwimmen lassen."

Reto schaute gedankenverloren auf den kleinen Wasserfall, der gerade in Sicht kam. Eine Höhendifferenz von gerade mal zwei Metern, kaum höher als die Dusche zu Hause, nur viel kälter.

Als Kind war ihm dieser Wasserfall immer sehr groß vorgekommen. Sie hatten sich oft darunter gestellt und das kalte Nass über sich herabströmen lassen.

„Weißt du noch, wie einmal ein plötzlicher Schwall kam und dem Gian die Badehose abstreifte?", lachte Didi.

„Genau! Er ist ganz rot angelaufen."

„Und die Mädchen haben gekichert, vor allem Silvie. Was wohl aus ihr geworden ist?"

Silvie war früher auch oft dabei gewesen. Sie war immer die Älteste, zwei oder drei Jahre älter als die anderen. Doch vor ein paar Jahren war sie plötzlich nicht mehr zur Schule gekommen. Man erzählte sich, dass die Eltern praktisch über Nacht in ein anderes Land ausgewandert seien. Reto hatte das nie ganz glauben können.

Am Bach war es merklich kühler, ein schwacher Dunstschleier lag über dem Grund des Tals. Bestimmt würde gegen Abend der Nebel vom See her das Tal hinauf ziehen und auch diesen Platz bei der Wasserrutsche einhüllen.

Reto schauderte. Daran hatte er nicht gedacht. Das Geisterhaus alleine war ja schon gruslig, wenn dann auch noch der Nebel kam und die gespenstischen Schatten verstärkte, würde es bestimmt mehr als unheimlich werden. Schnell schielte er zu Didi. Dieser hatte offensichtlich ähnliche Gedanken, auch ihm hatten sich die kleinen Härchen auf den Unterarmen aufgerichtet.

Die letzten Meter bis zum Geisterhaus gingen sie schweigend nebeneinander her und Reto hoffte insgeheim, dass Didi vorher schon aufgeben würde. Doch diesen Gefallen tat er ihm nicht.

Dann ragte es vor ihnen aus dem Boden, das alte, halb verfallene Holzhaus. Hochwasser und Springfluten hatten sich einen Weg durch das Erdgeschoss des Hauses gebahnt. Die Wände waren größtenteils verschwunden, das Haus stand nur noch auf alten, brüchig aussehenden Holzbalken, schwarzen, angekohlten Beinen, die jeden Augenblick einzuknicken drohten.

Mit weichen Knien stand Reto vor dem Haus und wartete darauf, dass Didi den ersten Schritt tat.

Dieser hatte sich offenbar besser im Griff und ging zielstrebig an dem Schild vorbei, das verkündete: „Betreten der Baustelle verboten! Bei Unfällen wird jede Haftung abgelehnt." Als ob hier jemals wieder etwas gebaut würde. Dieses alte Haus würde einfach immer weiter verfallen, bis es unter der Last seiner Jahre ganz zusammenbrach und alles darunter begrub, was verrückt genug gewesen war, sich dort aufzuhalten. Wie zwei Jungs, die eine dumme Mutprobe machten.

Didi hatte inzwischen die Tafel hinter sich gelassen und war bereits an dem ersten Stützbalken vorbei. Jetzt musste Reto sich sputen.

Deutlich langsamer ging er an dem Schild vorbei, hoffend, dass ihn vielleicht ein Wanderer noch entdecken und zurückpfeifen würde. Dann hätte er eine Ausrede und müsste nicht diesen unheimlichen Raum unter dem alten Haus betreten. Natürlich rief ihm niemand eine Warnung zu und so blieb ihm nichts anderes übrig, als nun doch ins Geisterhaus einzudringen.

Didi hatte sich auf einer alten Holzkiste bereits einen improvisierten Picknicktisch eingerichtet. Er hatte sein Taschentuch – *Wer außer Didi benutzte eigentlich noch Stofftaschentücher?* - ausgebreitet und darauf sein Sandwich und seine Trinkflasche arrangiert. Reto musste eingestehen, dass Didi vermutlich schon cooler war, aber auf die Chance, Martina näher zu kommen, würde er auf keinen Fall verzichten. Also atmete er noch einmal tief durch und setzte sich zu Didi an die Kiste.

Langsam holte er aus seinem Rucksack sein Sandwich und die anderen Sachen, die er eingepackt hatte. Langsam deshalb, damit Didi nicht sah, wie seine Hände zitterten.

Gerade als er seine Trinkflasche auf den improvisierten Tisch stellte, hörten sie zum ersten Mal das Glöckchen. Beide Buben zuckten zusammen.

„Was war das?", fragte Reto.

„Ein Glöckchen", antwortete Didi.

„Das weiß ich natürlich. Ich frage mich nur, was das für ein Glöckchen ist, und viel wichtiger: Warum hat es geläutet?"

Didi blickte auf seine Hände. Offensichtlich fühlte auch er sich nicht ganz wohl in seiner Haut. Doch diese Unsicherheit ging schnell vorbei. Er sprang auf und sagte übertrieben laut: „Dann sehen wir doch mal nach. Ich meine, das müsste aus dem ersten Stock gekommen sein."

Bevor Reto noch etwas dazu sagen konnte, war Didi bereits auf dem Weg zur Treppe, oder dem, was davon noch übrig war. Ein paar Holzbohlen, die mehr schlecht als recht in ihrer Verankerung an den seitlichen Holzbändern hingen. Wenn das nur gut ging.

Es knarrte und knirschte, als Didi ganz der Wand entlang auf der schmalen Treppe nach oben stieg. Sie schien sein Gewicht tatsächlich zu tragen. Inzwischen musste Reto sich eingestehen, dass Didi eindeutig der Coolere war. Irgendwann hörte er kein Knarren mehr von der Treppe. Von Didi war nichts mehr zu sehen, außer den Abdrücken seiner Schuhe im Staub. Im oberen Stockwerk war es so still wie zuvor, wenn nicht sogar noch stiller. Kein Laut war zu hören. Kein Knarren von alten Holzdielen, kein Schaben von Turnschuhen. Gar nichts.

Irgendwie war das fast unheimlicher als das bedrohliche Knacken des Holzes, als Didi sich draufgestellt hatte. Draußen war inzwischen der Nebel aufgezogen und hatte eine alles verschlingende Decke über den Bach und das Geisterhaus gelegt.

Reto schauderte. Plötzlich fühlte er sich so alleine wie nie zuvor in seinem Leben.

Er stand von seinem Platz an der Kiste auf und ging hinüber zum Treppenaufgang.

„Didi?", fragte er.

Keine Antwort.

„Didi!", diesmal lauter.

Immer noch keine Antwort.

„Didi! Mach keinen Quatsch. Komm wieder runter!"

Nichts.

Ein Rascheln wie von trippelnden Mäusen, die schnell zu ihrem Unterschlupf huschten. Dann wieder absolute Stille.

Retos Magen zog sich zusammen. Wenn nun Didi etwas zugestoßen war dort oben? Er musste hinauf und nachsehen. Oder sollte er lieber nach Hause laufen und Hilfe holen?

„Das ist nicht lustig, Didi. Komm wieder runter!", schrie er in einem letzten, verzweifelten Versuch. Doch auch dieser Ruf blieb unbeantwortet.

Ihm blieb nichts anderes übrig, er musste ebenfalls hinaufsteigen. Zögerlich stellte er den ersten Fuß auf die Treppe, die sofort mit einem lauten Knarren dagegen protestierte.

Reto hielt die Luft an. Wartete.

Klingeling.

Das Glöckchen!

Reto erstarrte.

„Didi? Bist du das?"

Klingeling.

„Didi?"

Stille.

Er musste Hilfe holen. Wenn Didi dort oben etwas passiert wäre, könnte er ihm ohnehin nicht helfen. Er drehte sich um und lief hinaus aus dem Haus, weg von dem unheimlichen Gemäuer, das so düster im Nebel aufragte und mit jedem schiefen Ziegel und jedem lotternden Brett zu sagen schien: „Lass mich in Ruhe!"

Sie hätten das von Anfang an sein lassen sollen. Was war nur in ihn gefahren, dass er sich diesen schrecklichen Unsinn ausgedacht hatte. Wie oft hatten sie zu Hause darüber gesprochen, dass man Verbotstafeln ernst nehmen musste.

Zu Hause! Dort müsste er erklären, was passiert war. Das würde bestimmt wieder mal eine kräftige Tracht Prügel einbringen. Papa hatte ihn zwar seit seiner Therapie nie mehr geschlagen, aber eine Stress-Situation wie diese würde ihn vielleicht wieder explodieren lassen.

Oh mein Gott. Was habe ich nur angestellt!

Reto lief so schnell er konnte, was nicht sehr schnell war in Anbetracht der steilen Straße. Und im Nebel schien die Straße auch länger zu sein als im Sonnenlicht. Hatte er jetzt das Haus mit den rostigen Eisenkunstwerken schon passiert oder lag es noch vor ihm. Er konnte kaum etwas erkennen in dem Nebel. Und inzwischen war auch die Sonne hinter den Hügeln auf der Westseite des Dorfes verschwunden.

Er spürte, wie ihm Tränen über die Wangen flossen. Heiß und doch eisig kalt. Er musste sich beeilen.

Und plötzlich war der Nebel weg. Als ob er aus einer Wand getreten sei, sah er plötzlich wieder ganz klar die Silhouette des Dorfes, den dunkelblauen Abendhimmel. Hinter ihm ragte grau und klar abgegrenzt die Nebelwand auf.

Wenige Minuten später traf er atemlos zu Hause ein, lief schnurstracks ins Wohnzimmer. „Mama! Papa! Ihr müsst Didi helfen!"

Die Erwachsenen sprangen hoch vom Sofa, auf dem sie es sich für das allabendliche Tagesschau-Ritual bequem gemacht hatten. „Was ist passiert?", fragten sie beide wie aus einem Mund.

„Didi ist verschwunden! Schnell! Kommt!"

Reto wollte sich schon umdrehen und wieder loslaufen, als ihn Papa fest am Arm zurückhielt. „Einen Moment, junger Mann. Erklär uns erst mal, was passiert ist."

Mama legte ihm einen Arm um die Schulter und ergänzte: „Papa hat recht. Beruhige dich erst mal. Und dann erzählst du uns, was passiert ist."

„Didi ist verschwunden!" Retos Atem ging immer noch hektisch. „Wir waren unten im Tobel am

Bach. Bei dem alten baufälligen Haus. Didi ist dort hineingegangen. Und dann ist er verschwunden!"

Papa runzelte die Stirn. „Soso, das Geisterhaus. Du warst doch nicht etwa auch dort drin?"

„Ich bin hinter Didi her, um ihn zurückzuhalten." Das war nicht wirklich eine Lüge, oder? Gewissermaßen wollte er Didi ja wirklich zurückhalten, auch wenn die ursprüngliche Idee eine andere war.

An Papas Stirnrunzeln erkannte er, dass dieser ihm nur halb glaubte, dass er es aber auf sich beruhen lassen würde, wenn diese Geschichte gut ausging.

Papa war offensichtlich ganz Herr der Situation. „Dann sollten wir als Erstes Didis Eltern informieren. Danach fahren wir gemeinsam dort hinunter und sehen uns die Sache an."

Keine fünf Minuten später waren Didis Eltern vorgefahren. Sie hatten sich bereit erklärt, alle in ihrem Geländewagen mitzunehmen.

Reto saß eingeklemmt zwischen seinen Eltern auf dem Rücksitz. In seinem Innern liefen die widersprüchlichsten Eindrücke zusammen und hinterließen eine Stimmung, die kaum zu beschreiben war.

Einerseits hoffte er natürlich, dass es Didi gut ging und er sich bloß einen Scherz erlaubt hatte. Dann allerdings müsste er auf ein kräftiges Donnerwetter seiner Eltern gefasst sein. Andererseits war

Didi vielleicht wirklich verletzt, was die Sache natürlich auch nicht besser für ihn machte.

Er konnte es drehen und wenden, wie er wollte. Für Didi würde diese blöde Mutprobe definitiv Folgen haben. Und für ihn selbst bestimmt auch. Er konnte sich gut vorstellen, was Papa alles sagen würde, wenn die erste Hektik und Unsicherheit vorbei war.

Und was das Ganze erst für Didis Eltern bedeutete, wollte sich Reto gar nicht vorstellen. Sie saßen schon die ganze Zeit stumm auf den Vordersitzen. Sein Vater krallte die Hände so fest ans Lenkrad, dass die Knöchel weiß hervortraten, und starrte angestrengt in das Grau des Nebels hinaus. Seine Mutter saß still auf dem Beifahrersitz, nur manchmal hob und senkte sich ihre Brust, wenn sie leise vor sich hin schluchzte.

„Was habt ihr euch nur dabei gedacht", murmelte Papa neben ihm. „Noch dazu bei diesem Nebel."

Es brachte bestimmt nichts, ihm zu erklären, dass der Nebel erst später heraufgezogen war.

Als sie nach einer gefühlten Ewigkeit endlich vor dem verfallenden Haus hielten – Reto tat sich schwer, es immer noch Geisterhaus zu nennen –, hörte er wieder dieses Glöckchen. Nur ein einziges kurzes Klingeling, dann herrschte wieder absolute Stille.

Er achtete auf die Erwachsenen, doch von denen zeigte keiner irgendeine Reaktion. Entweder hatte außer ihm niemand dieses Glöckchen gehört oder niemand fand es wichtig genug, um etwas dazu zu sagen.

„Hier sind wir also. Und jetzt?", fragte Didis Vater.

Papa gab Reto einen ungeduldigen Schubs: „Du gehst voran!"

Ängstlich ging Reto zum zweiten Mal heute an dem Betreten-Verboten-Schild vorbei. Und diesmal fühlte es sich noch falscher an als beim ersten Mal. In seinem Rücken konnte er die Blicke der Erwachsenen spüren, konnte fühlen, wie sie ihm stumme Vorwürfe machten, dass er diesem Vorhaben überhaupt zugestimmt hatte.

„Was habt ihr denn hier gemacht? Ein Picknick?", fragte Didis Mutter entsetzt und deutete auf das Taschentuch und die Sandwiches, die immer noch unberührt auf der Kiste lagen.

Mist, die hätte er wegräumen sollen. Das würde schwer zu erklären sein.

„Ein Picknick?", fragte jetzt auch Mama. „Hier? Seid ihr komplett verrückt geworden?"

Reto fand es sicherer, darauf nicht zu antworten. Stattdessen ging er zum Fuß der Treppe und zeigte hinauf. „Hier ist Didi hinaufgestiegen. Ich wollte ihn zurückhalten, aber er ließ sich nicht davon abbringen. Ich wollte auch hinauf und nach ihm sehen, aber ich hatte Angst."

Didis Vater probierte aus, ob die erste Stufe sein Gewicht trüge.

Sie tat es.

Die nächste auch.

So arbeitete er sich langsam nach oben vor. Hinter ihm die anderen Erwachsenen. Ganz zum Schluss traute sich jetzt auch Reto die Treppe hinauf.

Es herrschte eine Spannung, die fast körperlich fühlbar war. Seine Nackenhaare richteten sich auf, Schweiß brach ihm aus allen Poren.

Und dann erklang wieder dieses Klingeling, gerade als er das obere Ende der Treppe erreichte und in einen Korridor blickte.

Davon gingen drei Türen ab, zwei zu seiner Linken, eine zu seiner Rechten. Aus dieser schien dieses Bimmeln gekommen zu sein. Obwohl die Erwachsenen sich nach links gewandt hatten, ging er in die andere Richtung.

Langsam und vorsichtig, einen Fuß hinter dem anderen absetzend ging er in das Zimmer hinein. Da stand ein staubbedecktes Sofa, ein Tisch mit vier Stühlen, ein schwer aussehender Sekretär und an den Wänden hingen einige Bilder und eine alte Uhr mit Messinggewichten. Hätte er es nicht besser gewusst, hätte er geglaubt, dass dieses Bimmeln das

Stundensignal dieser Uhr war. Doch sie stand bestimmt schon seit vielen Jahren still.

Aus den anderen Zimmern hörte er die murmelnden Gespräche der Erwachsenen.

Er ging tiefer in den Raum hinein, schaute sich um, suchte nach Spuren von Didis Schuhen im Staub.

Nichts.

Er wollte sich schon umdrehen und zu seinen Eltern gehen, als etwas auf dem Sekretär seine Aufmerksamkeit erregte. Als er es genauer betrachtete, erstarrte er!

„Aber das ist doch…"

„Was?", fragte Papa, der in diesem Moment durch die Türe trat. „Hast du etwas gefunden?"

Schnell steckte Reto sich den Gegenstand unters Hemd. Das würden die Erwachsenen nie glauben!

„Nein. Keine Spur von Didi."

Das war jetzt wirklich eine Lüge. Aber eine Notlüge, die von etwas viel Schlimmerem ablenkte.

„Hm", knurrte Papa. „Wo mag der Junge bloß sein." Dann ging er seinerseits durch den Raum und sah hinters Sofa, unters Sofa, öffnete sogar die Kommode und den Sekretär. Nirgends eine Spur.

So irrten sie weiter durch das halb verfallene Haus, riefen nach Didi und suchten jeden Winkel ab.

Erfolglos.

Schließlich einigte man sich darauf, dass Didi nicht hier sein konnte. Man würde nach Hause fahren und ihn bei der Polizei als vermisst melden. Nur Reto wusste, dass Didi wohl nie mehr auftauchen würde.

Zu Hause hatte er das Donnerwetter seiner Eltern geduldig über sich ergehen lassen, hatte an den richtigen Stellen genickt und sich entschuldigt. Auch den Hausarrest von zwei Wochen nahm er ruhig und schuldbewusst an. Dann hatte er sich in sein Zimmer verkrochen, die Türe mit dem Stuhl blockiert und den Gegenstand hervor geholt, den er in dem unheimlichen Haus mitgenommen hatte.

Es war ein altes Foto in einem goldenen Rahmen. Es war verblichen, die Farben waren nur noch ganz schwach erkennbar. Es zeigte eine romantische Szene in einem Park. Ein großer Baum dominierte das Bild, warf seinen Schatten auf eine Bank, auf der ein junges Paar saß. Ein Liebespaar.

Was ihn daran richtig irritierte, waren die Gesichter der beiden auf der Bank. Das Mädchen sah aus wie die verschwundene Silvie. Und der Junge war eindeutig Didi.

Er fragte sich, ob er das Bild Martina zeigen sollte. Irgendwann vielleicht, aber vorerst sollte er es für sich behalten.

Als er das Bild in die Schublade an seinem Schreibtisch legte, meinte er, wieder das kleine Glöckchen zu hören.

Fremde in der Nacht

Ich mag Verschwörungstheorien. Manche davon klingen so absurd, dass sie schon fast wahr sein könnten. Andere klingen absolut vernünftig und sind dennoch frei erfunden.

Im Zeitalter von Fake-News kann es sich also lohnen, nicht blindlings alles zu glauben, was geschrieben steht, sondern sich selbst seine Gedanken dazu zu machen. Bei mir kommt dann eine Geschichte wie diese hier heraus.

Alle „Fakten" in dieser Geschichte sind recherchiert und halten vermutlich einer Überprüfung stand, allerdings sind Personen und Schauplätze natürlich wie immer frei erfunden. Aber, was wäre, wenn nicht?

Die große, leere Kirche roch nach Weihrauch und flackernden Wachskerzen. Aus dem Marmorboden und den hölzernen Kirchenbänken strömte die Ruhe der Ewigkeit. Langsam ging sie den Gang entlang auf den Altar zu, der, ebenfalls aus Marmor, vor ihr aufragte wie ein Monument der Stille.

Bedächtig ging sie voran, bis zur drittvordersten Reihe, wo sie gestern schon gesessen hatte. Und vorgestern. Und eigentlich jeden Tag.

Stefanie genoss diese Stille in der Sankt-Josefs-Kirche. Sie kam hierher, um den Stress und die Hektik des Alltags in stiller Meditation hinter sich zu lassen.

Heute war der Tag im Krankenhaus wieder richtig schlimm gewesen. In der Adventszeit drehten die Leute einfach schneller durch. Da kamen alle paar Minuten neue Notfälle: gebrochene Beine, Alkoholvergiftungen, Zuckerschocks, Herzinfarkte und noch vieles mehr. Der vorweihnachtliche Stress setzte den Menschen zu und Stefanie und ihre Kolleginnen im Krankenhaus mussten dafür sorgen, dass diese wieder zur Ruhe kamen. Besonders in dieser dunklen Jahreszeit eine schwierige Aufgabe. Wenn Stefanie morgens zur Arbeit kam, war es noch dunkel, und abends, wenn sie nach Hause ging, war es wieder dunkel. Da gönnte sie sich oft noch etwas Ruhe und Erholung in der Kirche Sankt-Josef, die so praktisch an ihrem Heimweg lag. Ihr gefiel diese besondere Atmosphäre in dem riesigen, alten Gemäuer. Kein Wunder, dass gläubige Menschen hier erst recht an die Existenz eines allmächtigen Gottes glaubten. Sie konnte gut verstehen, wie sich manche als arme, kleine Sünder verstanden in dieser riesigen

Halle, die eine Ahnung von Gottes Größe zu vermitteln suchte.

Sie legte die Hände auf die Knie und schloss Augen und Ohren, hörte in sich hinein, lauschte ihren eigenen Gedanken, die wild durcheinanderwirbelten. Notaufnahme ... Herzstillstand ... Reanimation ... Übelkeit ... schnell, schnell ... Sie betrachtete jeden einzelnen dieser Gedanken, bedankte sich bei ihm und ließ ihn aufsteigen, hinauf in die wunderschön gestaltete Kuppel mit dem Bild der Heiligen Familie. So ließ sie langsam ihre Gedanken einen nach dem anderen aus ihrem Kopf entweichen, bis sie sich leer und ruhig fühlte.

Mehrmals atmete sie tief ein und aus und mit jedem Atemzug wurde sie noch ruhiger.

Sie spürte einen kühlen Luftzug, als die große, schwere Eingangstüre auf und wieder zu schwang. Wie aufregend dies die kleinen Härchen in ihrem Nacken kitzelte und ein Prickeln durch ihren Körper fluten ließ. Dann setzte sich jemand neben sie und sagte mit heiserer Stimme: „Ich muss einfach mit jemandem reden. DIE sind hinter mir her."

Stefanie schreckte hoch und blickte sich verstört um. Neben ihr saß ein Mann, knapp fünfzig Jahre alt, auf seiner Nase saß eine runde Nickelbrille, die ihn recht intelligent wirken ließ. Auf den ersten Blick hielt sie ihn für einen Professor. Wenn da nur nicht diese unruhig blickenden Augen mit den großen Pupillen wären, die ständig in Bewegung waren. Er hatte offensichtlich Angst. Aber wovor?

„Was reden Sie da?", fragte Stefanie.

„Glauben Sie mir. DIE sind hinter mir her. Seit ich diesen Artikel über Chemtrails geschrieben habe, sind sie hinter mir her. Ich bin ihnen immer wieder entwischt, aber heute war es richtig knapp. Sie kommen immer näher."

„Chemtrails?"

„Ja. Sie wissen doch. Die mischen den Flugzeugtreibstoffen Chemikalien bei. Darum sind immer mehr Kondensstreifen zu sehen, die immer länger am Himmel bleiben. Sagen Sie nur, Sie hätten noch nie davon gehört!"

„Ach, die. Ja, davon habe ich gehört, aber das ist doch alles Humbug."

„Humbug, sagen Sie? Sie sind also auch auf diese Propaganda hereingefallen. Das wollen DIE ja genau."

Stefanie wendete sich ab von dem Mann, der offensichtlich geistig verwirrt war. Inzwischen war wohl klar, dass es keine Chemtrails gab. Das musste einer, der aussah wie ein Professor, eigentlich wissen. Sie versuchte, wieder in ihre innere Ruhe zurückzufinden.

„Glauben Sie mir, ich weiß, wovon ich rede. Sagen Sie nicht, Sie hätten noch nie davon gehört, dass die Geburtenraten in allen höher entwickelten Ländern der Erde zurückgeht. Europa stirbt aus! Das haben Sie bestimmt schon gehört, oder?"

Neben diesem Menschen war es unmöglich, innerlich ruhig zu bleiben. Stefanie schlug die Augen wieder auf und sah ihn an. „Und was soll das mit den Chemtrails zu tun haben?"

„Nun, auf diese Weise wird ein sterilisierendes Mittel in die Umwelt abgegeben, das wir dann über unsere Nahrung und vor allem über unser Trinkwasser wieder aufnehmen."

„So ein Quatsch. Warum sollte man denn diesen Aufwand betreiben, wenn man das Mittel auch direkt ins Trinkwasser kippen könnte?"

„Das ist ja klar!", rief der Mann und schüttelte den Kopf über Stefanies Unwissenheit. „Damit man es der Bevölkerung als Luftverschmutzung verkaufen kann. Dann kann man behaupten, die Leute seien selbst schuld, dass solche Stoffe in der Luft sind. Damit hat man sie noch mehr in der Hand."

Stefanie wurde nachdenklich. Der Mann klang überzeugend, nicht nur, weil seine Erscheinung ihn so klug wirken ließ, sondern auch weil er tatsächlich schlüssig argumentierte.

„Aber wozu?", wollte sie wissen.

Wieder schüttelte er den Kopf wie ein Lehrer, der zum zweiten Mal in Folge einem kleinen Mädchen erklären muss, dass zwei plus zwei nicht drei, sondern vier ergibt. „Was ist denn das größte Problem auf der Welt? Es ist nicht die Luftverschmutzung, nicht der Klimawandel oder die Lebensmittelknappheit. Natürlich sind das alles Symptome. Aber die wahre Ursache für diese Symptome ist ganz klar: zu viele Menschen! Überbevölkerung!"

Stefanie nickte. Das klang gar nicht so abwegig.

„Natürlich kann niemand den Menschen verbieten, sich zu vermehren", fuhr er fort. „Oder gar die überschüssigen Menschen umbringen. Aber sie können natürlich die Zeugungsfähigkeit reduzieren. So löst sich das Problem innert einer oder zweier Generationen ganz von selbst."

Stefanie war fassungslos. Wenn dieser Mensch das so erklärte, klang es absolut schlüssig und durchdacht.

„Aber bedenken Sie die Logistik", suchte sie nach einem Argument gegen seine Theorie. „Ich habe vor einiger Zeit einen Artikel gelesen, in dem erklärt wurde, dass rein statistisch diese Chemtrails gar nicht möglich sind. Da müssten so viele Menschen mitwirken, dass schon die Wahrscheinlichkeit, dass jemand sich verplappert, riesig ist. Angestellte von Flughäfen, Wartungstechniker, Piloten, Flugbegleiter, Chemikalien-Hersteller, Transportunternehmen, LKW-Fahrer und noch viele mehr müssten Bescheid wissen und jeder von denen müsste das Geheimnis schützen. Das ist doch gar nicht möglich."

„Ja", meinte der Mann, „den Artikel habe ich auch gelesen. Aber es erzählen ja immer wieder Menschen davon! Woher glauben Sie, kommen diese Gerüchte über Chemtrails. Nur … wem würden Sie glauben? Einem übermüdeten LKW-Fahrer in schmutziger Hose oder einem Minister im Nadelstreifenanzug? Einem einfachen Angestellten, der für die Betankung von Flugzeugen zuständig ist, oder einem Professor eines angesehenen Forschungsinstituts?"

Auch diese Aussage ließ eine gewisse Logik erkennen. Das Äußere einer Person bestimmte tatsächlich in großem Maße deren Glaubwürdigkeit.

„Und dann ist da noch die Geschichte mit dem Saatgut", fuhr der Mann fort. „Zu dem ganzen anderen Müll kommt auch noch das Aluminiumsulfat hinzu, das von der Agrochemie-Industrie beigemischt wird, um herkömmliches Saatgut zu schädigen, damit irgendwann nur noch jenes aus den Labors dieser Konzerne verwendet werden kann."

Jetzt konnte Stefanie sich ein Lachen nicht mehr verkneifen. „Damit übertreiben Sie jetzt aber!"

„Keineswegs! Haben Sie mal versucht, einen Apfelbaum aus den Kernen eines Apfels zu züchten? Wenn Sie genug Zeit und Geduld investieren, werden Sie irgendwann einen Baum bekommen. Aber Äpfel werden Sie daran keine sehen. Vielleicht ein paar kleine, verkrüppelte Dinger, die einem Apfel ähnlich sehen. Aber so richtig frische, rote Äpfel? Nein! Und genauso geht das auch mit vielen anderen Pflanzen."

Stefanie wurde schon wieder unsicher. Hatte sie nicht erst einen Artikel darüber gelesen, dass Aluminium als Risikofaktor für Brustkrebs galt. Und ihre Ärztin hatte erklärt, dass dieses Aluminium nicht durch die Haut aufgenommen wird. Aber wie dann? Über die Luft? Über die Nahrung? Das könnte durchaus möglich sein. Erzählte dieser Mann am Ende tatsächlich die Wahrheit? Er sah so gar nicht wie die üblichen Freaks und Weltuntergangspropheten aus. Ganz im Gegenteil! Er sah eben wirklich eher wie ein Professor aus, der wusste, wovon er sprach.

Während sie noch darüber nachdachte, was der Mann gerade gesagt hatte, begann plötzlich seine Uhr am Handgelenk wie wild zu piepen. Ein nervtötendes Geräusch, das in der Stille der Kirche schrecklich laut klang. Er blickte gehetzt über seine Schulter. „So ein Mist, sie haben mich schon wieder gefunden! Verschwinden Sie so schnell wie möglich."

Der dramatische Unterton in seiner Stimme verursachte ihr Gänsehaut. Plötzlich war ihr kalt. Als der Mann aufsprang und losrannte, wehte sein Mantel hinter ihm her. Ein kleines Stück Papier fiel daraus zu Boden. Stefanie bückte sich, um es aufzuheben. Als sie sich wieder aufrichtete, sah sie gerade noch, wie der Mann durch eine kleine Türe beim Chorgewölbe verschwand. Verwirrt blickte sie auf das Stück Papier, das sie aufgehoben hatte. Eine Visitenkarte. Doch bevor sie lesen konnte, was darauf stand, schwang das Kirchenportal mit einem Ruck auf und zwei Männer betraten die Kirche. Beide trugen schwarze Anzüge und dunkel getönte Brillen, obwohl es draußen längst dunkel war. Sie hatten offenbar eine Art Sprechfunk dabei, zumindest ließen die kleinen Ohrstecker darauf schließen, aus denen ein dünnes weißes Kabel im Kragen ihrer Anzüge verschwand. Aus einem Reflex heraus steckte Stefanie die Visitenkarte in die Tasche und sah gespannt zu, wie die beiden Männer Reihe für Reihe die Kirchenbänke absuchten.

Einer blieb so dicht bei ihr stehen, dass sie seinen Atem hören konnte.

Schließlich schnaubte er kurz und ging weiter durch die Reihen. Er war wohl zum Schluss gekommen, dass sie ungefährlich war.

Erst jetzt merkte Stefanie, dass sie unwillkürlich die Luft angehalten hatte. Mit einem leisen Seufzer ließ sie den Atem aus ihren Lungen entweichen, was den Mann dazu brachte, sich noch einmal umzudrehen und sie ein weiteres Mal zu mustern.

Nachdem die beiden alle Bänke abgesucht hatten, verließen sie die Kirche wieder genauso wortlos, wie sie sie betreten hatten. Stefanie saß zitternd auf ihrem Platz in der dritten Reihe. Sie fror. War es wirklich kälter geworden in der Kirche? Oder war das nur die Kälte, die von den beiden schwarz gekleideten Männern ausging?

Sie steckte die Hände in die Taschen ihres Mantels, wo ihre Hand wieder auf die Visitenkarte traf. Sie zog sie hervor und las: Dr. Felix Buchmann, Leitung Spezialprojekte, Institut für Luft- und Raumfahrttechnik.

Stefanie erstarrte. Konnte es sein, dass dieser Dr. Buchmann tatsächlich verfolgt worden war, weil er Geheimnisse ausgeplaudert hatte?

Aber das würde dann ja bedeuten, dass etwas Wahres an diesen Verschwörungstheorien über Chemtrails wäre. Konnte das wirklich sein?

Verwirrt machte sich Stefanie auf den Heimweg. Als sie die Kirche verließ, tanzten große weiße Flocken in der Luft. Und Stefanie fragte sich, ob es wirklich nur gefrorenes Wasser war, das da vom Himmel fiel.

Hier wache ich

Der Arbeitstitel dieser Geschichte hielt sich bis fast zum Abschluss des Buches: „Stille Nacht, heiliger Bimbam!"

In stillen Nächten kann beispielsweise jemand in eine Villa einbrechen. Da tut man gut daran, sein Eigentum zu sichern, zum Beispiel mit einer Alarmanlage.

Einer meiner Onkel hatte immer ein Schild an der Türe, auf dem ein Schäferhund abgebildet war und die Worte „Hier wache ich!" Allerdings hatte er nie einen Hund besessen.

Mit etwas Fantasie finden sich da aber noch andere Geschöpfe, die ein Gebäude bewachen können, vielleicht sogar richtig bösartige. Und das muss der Einbrecher in dieser Geschichte aufs Schmerzlichste lernen.

Die zwei Meter hohe Mauer wirkte abweisend, das schmiedeeiserne Tor mit den verschnörkelten, goldfarbenen Buchstaben SB ließ die Dekadenz und den Reichtum erahnen, die sich weit im Hintergrund verbargen. Nur ein kleines Schild störte den Eindruck, eine schlichte weiße Warntafel mit dem Aufdruck *Hier wache ich*. Hinter diesen Worten war vermutlich früher mal das Bild eines Hundes aufgedruckt gewesen, doch es war weggekratzt.

Bruno wusste genau, dass hier kein Hund war. Er hatte das Anwesen die letzten zwei Wochen jeden Abend beobachtet. Das Haus lag oben auf der kleinen Anhöhe, hinter hohen Kastanienbäumen versteckt, und war vom Tor aus nicht zu sehen. Die Überwachungskamera, die er gegenüber der Einfahrt in einer Tanne versteckt hatte, hatte nie jemanden aufgezeichnet, der hineingegangen oder herausgekommen war. Die Villa war mit Sicherheit verlassen. Vielleicht war der alte Bockheim gestorben? Oder er wohnte in einem anderen seiner Häuser irgendwo auf der Welt.

Bruno war sich also ziemlich sicher, dass das Gebäude verlassen war. Er blickte noch einmal nach links und rechts, dann warf er seine Tasche mit dem Einbruchswerkzeug über das Tor, bevor er hinterher kletterte. Schnell huschte er in die Schatten der großen Kastanienbäume und ging dann zügig hinauf zur Villa.

Das würde eine seiner leichtesten Übungen werden. Eine unbewohnte, alte Villa mit vielen Kunstschätzen. Bestimmt gab es eine Alarmanlage, aber das war kein Problem, die schaffte sein Mini-EMP-

Generator innert Sekunden. Nur ein kleiner Druck auf den Feuerknopf und die elektromagnetische Entladung zerstörte jede Elektronik im Umkreis von zehn Metern. Vielleicht würde trotzdem ein stiller Alarm ausgelöst, aber Bruno war zuversichtlich, dass dies als normaler Stromausfall gewertet würde.

Der alte Bockheim hätte gut daran getan, einen Hund zu halten, wie das Schild am Eingang versprach. Aber heutzutage verließ sich jedermann nur noch auf die Elektronik.

Wenig später hatte Bruno die Alarmanlage außer Gefecht gesetzt, ins Fenster neben der Türe ein Loch geschnitten und war hindurch in die Einganghalle gekrochen.

Schon hier roch alles nach Luxus. Als ob er in der Sauna wäre, umhüllte ihn der Duft von Zitronengras und Arve. Selbst beim Reinigungsmittel schien hier nur das Beste gut genug zu sein.

Er tastete nach dem Lichtschalter, doch noch bevor er ihn anknipsen konnte, erstarrte er. Da waren leise Schritte zu hören! War doch jemand im Haus? Bruno setzte seine Tasche ab und hob die Fäuste, bereit auf alles einzuschlagen, was aus der Dunkelheit auftauchen würde.

Er lauschte aufmerksam, mit angehaltenem Atem. Es konnte unmöglich jemand im Haus sein! Ausgeschlossen!

Wie um das zu bestätigen, verstummten die Schritte, aber Bruno war sich nicht sicher, ob er froh darüber sein sollte. Solange die Schritte zu hören gewesen waren, konnte er wenigstens einordnen, woher sie kamen. Jetzt lastete die Stille schwer auf ihm. Das Bewusstsein, dass jederzeit jemand auftauchen konnte, machte es schier unerträglich. Was, wenn ihn plötzlich jemand – oder etwas – ansprang? Seine Nackenhaare stellten sich auf, er fröstelte.

Normalerweise schaltete er lieber ganz normal das Licht ein. Die Erfahrung hatte gezeigt, dass Menschen viel eher die Polizei riefen, wenn der Strahl einer Taschenlampe durch ein Haus streifte, als wenn ganz einfach das Licht brannte.

Aber diese Schritte änderten alles. Wenn jemand im Haus war, würde dieser Jemand sofort alarmiert und Bruno wäre im hellen Licht für jedermann sofort sichtbar.

Er knipste also seine Taschenlampe an und suchte sich den Weg zur Treppe. Normalerweise durchkämmte er das Haus von unten nach oben, doch angesichts der Schritte im Erdgeschoss wollte er zuerst nach oben gehen. Dort waren ohnehin meistens die wertvolleren Stücke.

Sobald er am Fuß der Treppe war, schaltete er die Lampe wieder aus. Langsam, Schritt für Schritt, ging er im Dunkeln hinauf, dicht am Geländer entlang, um jedes Knarren der Stufen zu vermeiden.

Nachdem er ungefähr halb hinaufgestiegen war, ließ er wieder kurz die Lampe aufblitzen, um sich zu orientieren. Noch sieben Stufen, dann war er auf dem oberen Stock. Er ließ den Knopf wieder los, das Licht erlosch und im letzten Moment meinte er, etwas vor seinen Füßen vorbeihuschen zu sehen.

Sofort drückte er wieder auf den Knopf, ein heller Lichtstrahl schoss aus der Taschenlampe. Doch da war keine Bewegung mehr zu erkennen. Hatte er sich das nur eingebildet? Oder war da tatsächlich etwas gewesen? Auf jeden Fall etwas Kleines, eine Katze vielleicht? Oder eine Ratte? Gab es in solch alten Gemäuern nicht immer Ungeziefer? Besonders wenn das Haus lange unbewohnt war? Bruno schüttelte sich. Er ekelte sich davor, plötzlich einer Ratte gegenüberzustehen. Diese Tiere sollen extrem angriffslustig sein und üble Krankheiten übertragen. Hatte sich nicht Egon an einem Rattenbiss mit Tollwut angesteckt?

Diesmal ließ er die Lampe eingeschaltet. Lieber würde er durch den Lichtstrahl eine gewisse Aufmerksamkeit erregen, als von einer Ratte gebissen zu werden.

Er hatte tatsächlich gut daran getan, die Lampe einzuschalten. Auf dem oberen Treppenabsatz lag ein Baseballschläger quer vor der Treppe, und zwar so, dass er im Dunkeln bestimmt darüber gestolpert wäre. Das hätte übel ausgehen können.

Mit einem großen Schritt stieg er darüber hinweg und suchte das Schlafzimmer. Normalerweise waren dort die richtig wertvollen Dinge. Irgendwie wollten die Leute immer bei ihren Wertsachen schlafen.

In zehn Jahren als Einbrecher hatte er sich ein untrügliches Gefühl dafür erarbeitet, wo im Haus das Schlafzimmer lag. Auch hier hatte er bereits hinter der ersten Türe sein Ziel gefunden. Auf dem glänzend polierten Parkettboden stand mitten im Raum ein riesiger japanischer Futon. Eine Spielwiese wurde so etwas in gewissen Kreisen genannt.

Es gab keinen Schrank, aber zwei weitere Türen, die von diesem Raum abgingen, eine davon bestimmt ins Bad, die andere vermutlich in einen begehbaren Kleiderschrank.

Er betrat das Zimmer und ehe er noch einen zweiten Schritt tun konnte, rutschte sein Fuß weg und er knallte mit voller Wucht auf den Boden, während wieder etwas Kleines an ihm vorbeiflitzte.

Er versuchte sich hochzurappeln, rutschte aber gleich wieder aus. Der Boden glänzte nicht vor Sauberkeit, sondern weil er vollständig mit Seifenlauge eingerieben war.

Was zum Teufel war hier los? Auf Händen und Knien kroch er aus dem Zimmer.

Und was war das für ein Ding, das da an ihm vorbeigehuscht war? Er war ziemlich sicher, dass es keine Ratte war. Hatte es nicht sogar gekichert? Ein Kind vielleicht? Wie in diesem alten Film, in dem ein Junge sein Elternhaus gegen zwei dumme Einbrecher verteidigte? Aber wer würde schon im richtigen Leben ein Kind alleine zu Hause lassen? Und außerdem war dieses Ding viel kleiner gewesen.

Was auch immer es war, es hatte offenbar die Seifenlauge im Schlafzimmer verteilt. Jemand – oder etwas – bewachte das Haus und hatte Bruno längst entdeckt. Da konnte er genauso gut das Licht einschalten. Dann würde er wenigsten sehen, was das für ein Gegner war.

Das Schild am Eingang fiel ihm wieder ein. „Hier wache ich", hatte dort gestanden.

„Dann wollen wir mal sehen, wer hier wacht", murmelte Bruno und knipste das Licht an.

Vor ihm lag der leere Gang. Bilder von Gebirgslandschaften, manche mit Hirschen, Steinböcken oder Murmeltieren, andere nur mit schneebedeckten Bergspitzen oder malerischen Seen dekorierten die weiß gestrichenen Wände. Insgesamt sechs Türen gingen ab von diesem Korridor.

Hinter einer dieser Türen musste etwas lauern, das dieses Haus bewachte. Und das allein schien schon ein Zeichen zu sein, dass es in diesem Haus wirklich Wertvolles zu holen gäbe. Darauf sollte er sich konzentrieren. Er sollte sich nicht ablenken lassen, sondern einfach wie immer schnell rein, schnell raus und so viel wie möglich mitnehmen.

Das Schlafzimmer hatte er bereits gefunden, doch dort zu suchen, würde wegen der Seifenlauge zu viel Zeit brauchen. Deshalb öffnete er die nächste Türe. Ein Kinderzimmer, das offensichtlich schon länger nicht mehr benutzt worden war. Es war zwar sauber geputzt, wie alles in diesem Haus, doch es sah nicht belebt aus. Auf dem Schreibtisch lagen einige alte Schulhefte, dahinter stand eine Uhr, deren Batterie längst ihren Geist aufgegeben hatte. Das Bett war zwar bezogen, aber es roch, als hätte seit Monaten niemand mehr drin gelegen.

Hier war bestimmt nichts zu holen. Kinderkram. Immerhin war dieser kleine Wächter nicht hier.

Er schloss die Türe wieder und öffnete die nächste: ein Arbeitszimmer. Jackpot! Hier gab es bestimmt einen Tresor. Er vergewisserte sich, dass sich nichts rührte, bevor er die Bilder eins nach dem anderen von der Wand nahm. Direkt hinter dem Schreibtisch hing das Porträt eines alten Mannes. Dahinter verbarg sich nichts als ein altes, verlassenes Spinnennetz. Dann eben hinter dem anderen Bild, das einen Jäger mit einem erlegten Hirsch zeigte. Auch dahinter verbarg sich kein Tresor. Ebenso hinter der gerahmten Fotografie – offensichtlich drei Brüder um die sechzig. Welcher davon war wohl der alte Bockheim? Blieb nur noch das Bücherregal, das eine ganze Wand des Zimmers einnahm.

Ein Glück, dass er genug Zeit hatte. Wenn er jedes Buch herausziehen musste, um dahinter nach einem Tresor zu suchen, wäre er die halbe Nacht damit beschäftigt. Aber auch hier verließ er sich auf seine Erfahrung. Reiche Leute hatten es gern bequem und wollten den Tresor immer so montiert haben, dass sie ihn aufrecht stehend öffnen und schließen konnten. Also müsste er sich eigentlich irgendwo auf Schulterhöhe befinden.

Schwungvoll griff Bruno in eine Reihe und fegte die Bücher vom Brett.

Vielleicht war er dabei zu forsch vorgegangen, jedenfalls knackte es, rumpelte, und das ganze Regal neigte sich in seine Richtung. Hunderte Bücher kippten auf ihn herab. Im Reflex konnte er gerade noch die Arme über den Kopf heben, bevor die Bücherwand ihn laut polternd unter sich begrub.

Und wieder flitzte dieses kleine Ding davon, mit einer hohen Stimme kichernd. Es sah tatsächlich aus wie ein Kind, nur viel kleiner. Wie ein böser Zwerg aus einem Märchen, ein Kobold mit großen, abstehenden Ohren, klein und dunkelhäutig, mit spitzen Zähnen, die er fauchend fletschte, während er an Bruno vorbei sauste.

„Na warte!", schrie Bruno seine Wut heraus. „Du kleines Scheusal! Ich kriege dich, und dann geht's dir an den Kragen!"

Er kroch mühsam unter dem Regal hervor. Jeder Knochen in seinem Körper schmerzte, aber offenbar war er nicht ernsthaft verletzt. Er zog seinen Jutesack hervor, den er für die Beute mitgebracht hatte, und hetzte hinter dem Kobold her. In seiner Wut machte er sich keine Gedanken, ob dieser ihm gefährlich werden konnte. Er wollte nur seine Rache.

„Wo bist du hin?", grummelte Bruno. Den Sack mit der Öffnung voran haltend ging er Schritt für Schritt weiter, stieß mit dem Fuß die nächste Türe auf und blickte in ein weiteres Schlafzimmer. Der Zwerg war nirgends zu sehen.

„Ich weiß genau, dass du hier bist", sagte er mit lauter Stimme. Nicht nur, um dem Kobold Eindruck zu machen, sondern vor allem, um zu hören, dass seine Stimme sicher klang. Doch beides schien nicht zu funktionieren. Und als ob der Kobold der gleichen Meinung war, sprang er unter dem Bett hervor, singend und tanzend.

„Menschen sind dumm, stehen nur rum, mich kleinen Wicht, fangen sie nicht", trällerte er und sprang mal hierhin und mal dahin.

Brunos Hände zitterten, als er langsam auf ihn zuging, den Sack vor sich ausgestreckt, als ob dieser ihn beschützen könnte.

Der Kobold hüpfte und trällerte unbeschwert weiter, schlug Purzelbäume und sprang auf Bruno zu und wieder weg.

Bruno hingegen wurde immer ruhiger. Diesem überheblichen Winzling würde er eine Lektion erteilen. Er holte tief Luft und hielt dann den Atem an, bevor er mit einem beherzten Sprung auf den kleinen Wicht hechtete. Und schwupp, hatte er den Sack über den Kobold gestülpt, umgedreht und zugezogen.

„So, du kleines Scheusal, jetzt geht's dir an den Kragen", sagte er siegessicher.

Doch in diesem Moment bekam er die unglaubliche Kraft des Kobolds zu spüren. Mit einem hässlichen Reißgeräusch platzte der Sack auf, der Wicht schoss heraus, biss ihn mit seinen scharfen Zähnen in die Hand und flitzte davon.

Die Hand brannte, als ob sie in Flammen stünde, Bruno ließ den Sack fallen und drückte die freie Hand auf die schmerzende Wunde. Sofort rann Blut zwischen seinen Fingern hindurch und hinterließ rote Flecken auf dem Boden.

So ein Mist! Damit hinterließ er ganz eindeutige Spuren. Mit ihren DNA-Tests würden die Bullen sofort herauskriegen, dass er hier gewesen war. Er würde das sauber machen müssen. Allerdings sollte er sich zuerst um seine blutende Hand kümmern, sonst wären die Bullen wohl das geringste seiner Probleme. Wer weiß, womit dieses Ungeheuer ihn infiziert hatte.

Mit nur einer Hand den Kopfkissenbezug abzuziehen, war eine reife Leistung. Dabei tropfte unablässig Blut auf den Boden, aufs Bett, auf den Nachttisch, überall hin. Das sollte dieser kleine Wicht ihm büßen. Diesmal würde er ihn nicht nur fangen, sondern töten.

Er wickelte den Kissenbezug um seine verletzte Hand und zog ihn fest, bevor er das Ende so unter den Stoff schob, dass der improvisierte Verband hielt. Dann zog er die Schublade am Nachttisch auf. Er musste sich eine Waffe besorgen, und er hatte Glück. In der Schublade befand sich ein scharfer Brieföffner. Ein altmodisches Ding mit einem Griff aus Bernstein und einer fünfzehn Zentimeter langen Klinge, auf beiden Seiten scharf geschliffen. Perfekt, um es diesem kleinen Widerling heimzuzahlen. Fast hätte er die schwere Goldkette mit dem dicken Diamanten liegen lassen. Im letzten Moment, eher aus einem Reflex heraus, griff er doch noch danach und steckte sie in die Jackentasche. Dann schnappte er sich auch noch die hübsche Rolex – eine Damenuhr – und die drei kleinen Schmuckschatullen. Das war immerhin eine Entschädigung für die Schmerzen, die seine Hand ihm bereitete.

Dieser Kobold war bestimmt nicht zufällig hier, sondern von Bockheim beauftragt worden. Wo bestellte man wohl solche Biester? Aber eigentlich konnte ihm das egal sein. Wichtig war nur, dass er diesen Kobold erledigte, danach die restlichen Wertsachen einsammelte und verschwand.

Die Waffe lag leicht in seiner Hand und gab ihm das Gefühl, auf alles vorbereitet zu sein.

Kaum hatte er die Türe einen Spalt weit aufgezogen, schoss das Ungeheuer bereits wieder heran, in einer ungeheuren Geschwindigkeit und mit dem Baseballschläger in der Hand, über den Bruno vorhin fast gestolpert wäre.

Bruno sprang zurück, den Brieföffner wie ein Schwert vor sich haltend.

Das kleine Biest schwang den Schläger mit solcher Wucht, dass er eine tiefe Delle im hölzernen Türrahmen hinterließ. Nicht auszudenken, wenn der Schlag stattdessen sein Schienbein getroffen hätte!

Er konnte nichts ausrichten gegen dieses Monster. Am besten würde er so schnell wie möglich verschwinden. Aber nicht durch die Tür, sondern direkt durchs Fenster. Da draußen müsste ein Rosengitter sein, an dem er hinunterklettern konnte. Selbst mit einer Hand sollte das möglich sein, aber dann müsste er sich von seiner Waffe trennen.

Schweren Herzens ließ er den Brieföffner fallen und schwang sich über die Fensterbrüstung.

Das Klettern ging ganz gut, wenn man bedachte, dass er seine linke Hand nicht benutzen konnte. Langsam zwar, aber stetig stieg er hinab.

Es lief prima, bis der Kobold ebenfalls aus dem Fenster sprang und wieder und wieder seine scharfen Zähne in die Befestigung des Rosengitters schlug. Mit jedem Biss fuhr ein Ruck durch das Gitter, ließ es erzittern und schwanken. Bruno kletterte so schnell es seine verletzte Hand zuließ, doch es reichte nicht. Plötzlich gab das Gitter mit einem lauten Knacken nach und kippte mit Bruno hinab auf den nackten, harten Vorplatz.

Der Kobold hatte sich mit einem Sprung aufs Fensterbrett in Sicherheit gebracht und kicherte jetzt höhnisch. „Hier wache ich", sang er und tänzelte. „und niemand kommt herein!"

Der Aufprall hatte ihm die Luft aus den Lungen getrieben und etwas hatte ganz laut geknackt. Bruno hoffte, dass es nur das hölzerne Rosengitter gewesen war, doch die Schmerzen aus seinem rechten Bein ließen etwas anderes vermuten. Als er versuchte, sich hochzurappeln, gab das Bein sofort wieder unter ihm nach und ein gewaltiger Schmerz durchzuckte seinen Körper. Rote und weiße Punkte tanzten vor seinen Augen und wie durch Watte hindurch hörte er den lächerlichen Singsang des Kobolds: „Hier wache i-i-ich. Niemand kommt vorbei-i-i."

Und dann kam aus der Ferne ein Geräusch, das er bis anhin gefürchtet hatte und das er jetzt willkommen hieß: das an- und abschwellende Horn der Polizeisirenen. Alles war ihm recht, wenn er nur weg von diesem Kobold kam.